Martha, Jac a Sianco

I Dad

sydd fel y gwanwyn

Martha
JacaSianco

CARYL LEWIS

y Lolfa

Argraffiad cyntaf: 2004
Pedwerydd argraffiad: 2010

© Caryl Lewis a'r Lolfa Cyf., 2004

*Mae hawlfraint ar gynnwys y llyfr hwn ac mae'n anghyfreithlon i
atgynhyrchu unrhyw ran ohono trwy unrhyw ddull ac at unrhyw
bwrpas (ar wahân i adolygu) heb ganiatâd ysgrifenedig y
cyhoeddwyr ymlaen llaw.*

Cynllun clawr: Sion Ilar

Rhif Llyfr Rhyngwladol: 0 86243 753 9

Cyhoeddwyd, argraffwyd a rhwymwyd yng Nghymru
gan Y Lolfa Cyf., Talybont, Ceredigion SY24 5HE
e-bost ylolfa@ylolfa.com
gwefan www.ylolfa.com
ffôn (01970) 832 304
ffacs 832 782

Tri pheth sy'n anodd nabod,

Dyn, derwen a diwrnod.

Mae'r dderwen yn gou,

a'r diwrnod yn troi,

a'r dyn yn ddau wynebog.

'Pourquoi? Qui t'a forcée?'

Elle répliqua, 'Il le fallait, mon ami.'

'Pam? Pwy d'orfododd di?'

Atebodd hi, 'Roedd yn rhaid, fy nghariad.'

— *Madame Bovary*, Gustave Flaubert

Pennod 1

"DEWCH NAWR TE, myn uffarn i, ne bydd hi 'di goleuo cyn i ni gyrradd."

"F... f... fi ff...ff... ffeili gweld..."

"Dewch nôl â'r gole 'na fan hyn, Jac, er mwyn Duw, ne byddwn ni 'di torri'n coese 'n tri."

Roedd Jac yn mynd yn ei gyfer a golau'r fflachlamp yn bownsio o glawdd i glawdd wrth iddo hercian lan y lôn.

"Fe ddalwn ni'r diawled wrthi nawr. Ma rhywbeth od yn mynd mla'n 'ma, a dwi'n gweud tho chi, Duw â'u helpo nhw pan ga i afel ynddyn nhw."

Gwyliodd Martha gefn Jac yn mynd o'i blaen yn y tywyllwch wedi ei amlinellu yng ngolau'r tortsh. Roedd hi'n dywyll bitsh.

"Jac achan! Dos dim prawf bod neb yn neud dim iddi. Falle bo rhyw lo yn dod mewn i'r ca' o rywle ac yn 'i sugno hi yn y nos."

"Pwy lo sy'n dod mewn, fenyw? Rhowch drad yn tir, wir, a peidwch bod mor dwp. Y rhacsyn na drws nesa sy wrthi ynta... gadel gate ar agor a rhoi harne yn y rhesi gwair amser c'nea. Ne'r Wil na ochr arall i Ca' Marged. Tato o'r un rhych ŷn nhw i gyd. Synnen i fochyn 'u bod nhw'n chwerthin yn bert ar 'yn penne ni nawr."

Clywodd Martha Sianco'n gwenwyno y tu ôl iddi.

"Dere mlan nawr te, Sianco bach, dala lan wir."

Cyrhaeddodd Jac a Martha ben y lôn dywyll a oedd yn rhedeg gyda'r clôs ac yn hollti fferm Graig-ddu yn dair: y

Banc, yr Hendre a'r Macyn Poced. Pwysodd y ddau ar y giât er mwyn aros am Sianco a oedd yn dal i straffaglu ei ffordd drwy'r stecs a'r tywyllwch. Cydiai Jac mewn pocer hir yn un llaw – roedd yn mynd i'w ddefnyddio ar gopa unrhyw un y deuai ar eu traws. Wrth i'r ddau edrych i mewn i'r tywyllwch sylwodd Martha fod y fuwch yn y cae wedi codi ar ei thraed. O'r diwedd cyrhaeddodd Sianco â'i gap gwyrdd gwlân yn dynn am ei ben, ei derier yn edrych mas o dan ei siwmper gyda'i lygaid bach duon wedi'u serio ar y fuwch yn barod.

"Reit te, yn dawel bach nawr, ewn ni i gwato yn y claw'. Os daw rhywun ar gyfyl y lle 'ma wedyn, fe sbadda i fe!"

Tynnodd Martha'r got yn dynnach am ei gwddwg. Agorodd Jac y giât a chydgerddodd y tri at y clawdd isa. Diffoddodd Jac y lamp ac aeth y tri ar eu cwrcwd.

"Os... o... o... os rrrrrrhaid i ni aros fan hyn drwy'r nos?" mentrodd Sianco holi â'r oerfel yn pwysleisio'i atal. Ceisiodd osgoi eistedd ar ben y dom da gan grychu 'i drwyn. Taflodd Jac olwg fygythiol yn ateb.

"Symudwch draw, nawr te, Jac. Dwi 'di iste ar ben ysgall."

Roedd hi'n noson oer a'r gwlith yn treiddio i benolau'r tri. Roedd golau gwan yn diferu i lawr ar y cae o'r lleuad, a honno mor amlwg â thwll mewn to sinc. Setlodd y tri i wylio'r fuwch a hithau'n gwneud ei gorau i'w hanwybyddu.

Jac oedd yr hyna', un bochgoch tew a 'tea cosy' am ei ben. Bob tro y byddai'n cynhyrfu, ac fe fyddai hynny'n aml, fe fyddai'n arllwys cawod o rizzlas a matsys i bob man. Yr unig gliw i'w oedran mawr oedd y ffaith ei fod yn hercian dipyn wrth gerdded gan beri i fois y mart ei alw'n 'tic-toc'. Wel, hynny a'r ffaith ei fod fel bom yn barod i ffrwydro unrhyw funud.

Martha oedd yn sythu wrth ei ochr, menyw brydferth o ystyried ei blynyddoedd a oedd wedi llwyddo cadw llond copa o wallt tywyll heb ormod o flew gwyn ynddo. Sianco oedd yr ifanca, un main fel fferet a'i derier bob amser dan ei siwmper gan wneud iddo edrych fel petai ei berfedd yn gryndod i gyd.

Roedd hi'n oer ym môn y clawdd a'r fuwch ddiniwed yn taflu ambell olwg draw atyn nhw. Roedd Jac yn sychu'i drwyn â'i lawes bob nawr ac yn y man pan fyddai diferyn clir yn cronni yno.

Roedd hi'n fuwch bert 'fyd, anner fach ddu a gwyn a chadair fel melfed. Ond wrth edrych arni'n agosach, roedd rhywbeth erchyll yn taro'r llygad. Dim ond un deth oedd ganddi. Un deth waedlyd, a honno fel petai'n codi bys ar bawb.

"Ma hi siŵr o fod yn 'u dala nhw mewn weiren bigog yn rhywle," awgrymodd Martha'n dawel wrth Jac.

"Dwi'n 'i symud hi bob nos. Chi'm yn credu bo fi heb feddwl am 'nny, 'ych chi?"

Roedd cefn Martha'n gwynio gan mai dim ond gŵn-nos a chot-fowr oedd amdani. Roedd hi wedi cael ei llusgo o'r gwely yng nghanol nos. Dechreuodd feddwl pa mor anodd fyddai codi o'i chwrcwd. Daeth synau snwffian o gyfeiriad Sianco a oedd erbyn hyn yn cysgu'n braf gyda'r ci bach yn llyfu'i glust bob nawr ac yn y man. Dechreuodd y munudau lusgo'u traed. Sylwodd Martha ei bod hi'n bosib gweld holl dir y ffarm o fan hyn. Hen ffarm siâp od oedd hi hefyd, yn hir ac yn gul, yr eglwys ar un pen iddi a'r cwm y pen arall. Gallai Martha weld golau'r pentre'r ochr draw i'r eglwys, rhyw dair milltir o bellter, ac i'r cyfeiriad arall roedd golau'r dref yn gwaedu golau oren ar hyd y lle. Roedd y caeau'n anadlu'n wlyb yn y nos, a'r cloddiau fel gwythiennau'n ymestyn tuag at y tŷ. Roedd hi'n llonydd fel y bedd. Teimlai fel petai dim ond nhw ill tri ar y ddaear. Sibrydai sŵn y dail yn y clawdd a gallen nhw glywed crensian uchel y da eraill yn pori yn y cae nesa.

"DRYCHWCH!" Neidiodd Jac fel petai wedi cael ei saethu.

Roedd y fuwch wedi codi'i choes ôl ac yn ymestyn ei phen yn ôl i archwilio'i chadair. Dihunodd Sianco.

"Ma hi'n chwilio am 'i thethe," sibrydodd Martha gan gydio ym mraich Jac.

Ond ymestynnodd y fuwch ei thrwyn yn ôl at y deth ola waedlyd a'i sugno.

Syllodd y tri ar y fuwch yn dawel wrth i'r golau gryfhau o'u cwmpas. Sugnodd a sugnodd y fuwch a chnoi nes mai'r unig beth a gysylltai'r deth â'r gadair oedd stribyn tene o groen.

"O... o... o... onnnnnnd..." cychwynnodd Sianco cyn methu mynd ymhellach. Cydiodd Jac yn y ffens a dechrau tynnu'i hun i godi.

"Sa i 'di gweld y fath beth eriod! Buwch yn ca'l blas ar 'i lla'th 'i hunan!"

Gwyliodd Jac Martha'n ceisio codi.

"Ma bownd o fod rhywbeth yn bod ar 'i phen hi. Bownd o fod."

Tynnodd Martha ei hun i fyny'n ffwdanus cyn estyn llaw i Sianco a oedd yn ystyried mynd nôl i gysgu. Edrychodd y tri ar y fuwch yn sefyll yn dawel a'i llygaid gwlyb yn syllu'n ôl arnyn nhw. Roedd y gwaed coch o gwmpas ei cheg yn gochach ryw ffordd o fod ar y blew du a gwyn. Sylwodd Martha fod yr adar yn canu'n uwch ac yn adeiladu at gresiendo.

"Wel, wel, wel, beth wede Mami am hyn?"

Pennod 2

WYTH O'R GLOCH Y BORE, ac roedd Martha wedi hongian cotiau neithiwr dros y stof a'r rheini'n cynhesu gan greu arogl gwair trwy'r gegin. Gwasgodd haenen o fenyn ar wyneb torth a'i dorri'n dene yn erbyn ei brat. Roedd cegin hir yn Graig-ddu gyda phantri yn y cefn i gadw bwyd yn oer ac i halltu moch. Llechi oedd ar lawr y pantri a'r rheini'n symud wrth gerdded arnyn nhw gan boeri dŵr ar figyrnau. Roedd ca'r berllan yn dod at gefn y tŷ gan wneud y lle'n dywyll ac yn llaith, a'r papur wal yn hiraethu am ei hen liw glas golau gan iddo erbyn hyn droi'n ddu gan fwg y tân.

"Pwy saethu hi nath y ffycin twpsyn?"

Ciciodd Jac y cydau cêc wrth y drws a cherdded at y ford â'i welingtons yn gachu i gyd.

"Chewn ni bygyr-ôl da'r Ministri nawr, y twpsyn uffarn." Crynodd y cwdyn baco yn ei ddwylo. "Be sy'n bod 'no fe?"

Daliodd Martha ati i ffrio'r bacwn ar y stof gan adael i'r saim dasgu ar ei dwylo bob hyn a hyn.

"Ma'r hen bitsh yn 'i hyd ar yr iard odro. Gorffod i'r da gerdded drosti wrth fynd mewn i'r parlwr bore 'ma. Ma hi'n gachu i gyd."

Sylwodd Martha fod ei fochau'n borpoeth a'r blew ar ei wddwg fel blew brwsh cans.

"Byddwch ddistaw nawr te, Jac. Chi'n gwbod beth wedodd Dr Ifans."

"I ddiawl â Dr Ifans, myn uffarn i. 'Na pwy fydd y crwt

ise ei weld pan ga i afel yn y diawl twp. Os o'dd rhaid iddo fe'i saethu ddi, pam na alle fe 'di neud 'nny lan yn y ca' mas o'r ffordd?"

Gwyddai Martha y byddai'n bwrw'i blwc ymhen rhyw ddeg munud a rhoddodd ei frecwast o'i flaen.

"Allith y crwt ddim help. O'dd e ddim ise'i gweld hi mewn poen fel 'na."

"Blydi crwt? Ma fe dros 'i hanner cant, er mwyn Duw! A pheth arall, o'dd dim taro ar yr anner na, o'dd hi'n iawn."

Cydiodd yng ngwddwg y botel penisilin o'i flaen er mwyn cael gafael yn y sos coch. Roedd y ford wedi 'i gorchuddio â chymysgedd o nod defaid, tags gwartheg, hen bapurau, lastics i'w rhoi ar gynffonnau ŵyn bach a phîn-afal pert roedd Martha wedi'i brynu gan ei fod yn rediwsd yn y Co-op.

"Le ma fe nawr te?" gofynnodd Jac, a'r melyn wy yn dripio i lawr ei ên.

"Ffido'r lloi'n rhywle."

"'Na i gyd ma fe'n ffit i neud."

Gwasgodd Martha ragor o fenyn ar y dorth yn ei dwylo. Roedd Roy, ci defaid Jac, yn crynu wrth y drws. Mae'n debyg ei fod e 'fyd wedi teimlo tymer Jac pan ddaeth o hyd i'r fuwch.

"Odi'r dyn 'na'n galw heno, te? Ma hi'n nos Wener," holodd Jac, yn dal yn bigog yn sgil y storm.

"Gwynfor yw 'i enw fe," atebodd Martha cyn slapo'r dafell ar blât Jac. "A sa i'n gwbod a ddaw e heno neu beido."

"Ma na grugyn o ddynion mas na. O'dd rhaid i chi ddewis un mor ddi-ddim?"

"Byddwch ddistaw, Jac. Dwi'n gweud dim am 'ch busnes chi."

"Lle bach neis da fe, cofiwch, ochor draw'r pentre fan'na. Ma fe bach yn ifancach na chi 'fyd. Gethech chi le da gyda fe."

Aeth Martha ati i gorlannu'r briwsion gyda chlwtyn gwlyb dros oel cloth y ford.

"Ma fe 'di bod yn galw ma ers blynydde nawr," mentrodd Jac.

Tynnodd Martha'r briwsion tuag at ochr y ford cyn eu gwthio'n ofalus dros y dibyn i mewn i gledr ei llaw.

"Byddwch ddistaw!"

Caeodd ei llaw am y briwsion fel dwrn.

Aeth Jac yn ôl at ei facwn a'i wy.

"M... M... Martha!... M... m... ma..."

Roedd Sianco'n sefyll wrth y drws yn anadlu'n drwm, a golwg wyllt arno.

"Ma... ma..."

Sylwodd Martha nad oedd ei gi o dan ei siwmper.

"Le ma Bob, Sianco?"

"Ynnnn... nnnn... r... r... rrr... ydlan," meddai gan droi ar ei sawdl.

Sychodd Martha ei dwylo yn ei brat cyn ei ddilyn yn flinedig. Sefodd wrth y drws a phwyso ar y ffrâm wrth wisgo'i welingtons. Roedd Jac yn dal i fwyta.

"Rhacsyn o gi yw hwnna 'fyd. Os o'dd ise fe rhoi shot i rywbeth, hwnna ddyle fod 'di ca'l un, reit lan 'i ffycin din."

Cerddodd Martha'n gyflym dros y clôs gan gydio'n ei chefn, yn diodde ar ôl yr wylnos. Roedd yr ydlan yn dawel ac fe wyddai Martha beth fyddai'n ei disgwyl. Ar y llawr roedd cyrff saith o gathod bach, pedair o rai blewgoch, un gymysglyd fel cacen, a dwy ddu. Roedd cegau pob un ohonyn nhw ar agor a'r blew o gwmpas eu gyddfau'n wlyb.

Penliniodd y ddau'n ffwdanus wrth eu hymyl. Roedd Bob wedi hen ddiflasu ar yr holl beth ac wedi mynd i chwilio am lygoden ffyrnig o dan ryw sincen yn rhywle. Roedd Sianco bron â llefen.

"S... s... sori, Martha, ma Bob yn ddrwg, a sori am saethu'r fuwch. O'n i'n meddwl bydde hi'n byrstio heb d... d... dethe."

Edrychodd Martha ar y cyrff bach a chydiodd ynddyn nhw bob yn un ac un a'u gosod mewn pentwr. Fel yna, roedd hi bron yn amhosib dweud bod unrhyw beth yn bod arnyn nhw. Cydiodd Martha yn yr un amryliw ac edrych ar yr wyneb bach. Roedd y gath yn mewian uwch eu pennau yn nistiau ucha'r to. Magai Sianco un corff bach fel babi.

Hen gêm gan Bob oedd hon bellach. Pan ddeithe torred o gathod bach fe fyddai'n neidio a neidio a chyfarth a chyfarth nes i'r rhai bach wylltio'n ddwl a chwmpo i'r llawr ac wedyn byddai e'n eu lladd. Doedden nhw ddim mewn peryg go iawn, gan eu bod nhw'n llawer rhy uchel i Bob allu eu cyrraedd, ond doedd dim modd esbonio hynny iddyn nhw. Dro ar ôl tro, yr un fyddai diwedd pob torred.

Syllodd y ddau ar y bwndel am sbel cyn i Sianco roi'r corff bach i lawr ac estyn rhywbeth o'i boced a'i gynnig i Martha.

"B... b... bylbs li... lili wen fach ichi, erbyn gw... gw... gwanwyn."

Pennod 3

"**D**EWCH MEWN, dewch mewn. Steddwch."
Daeth Gwynfor i mewn fel y byddai'n arfer gwneud bob nos Wener. Byddai'n rhoi ei ben i mewn yn gynta ac yna, ar ôl eiliad, cerdded i mewn. Roedd bochau Martha'n goch.

"Steddwch, fe gewn ni swper nawr."

Cilwenodd Jac yn dawel ar Gwynfor. Roedd Sianco'n eistedd ar bwys y tân yn nyrsio'i lygaid a oedd wedi cleisio. Edrychodd Bob mas heibio'i goler yn bwdlyd.

"Ma hi'n noson braf, on'd yw hi?" wedodd Gwynfor.

Edrychodd Jac arno. Roedd e'n rowlio baco'n barod erbyn drennydd. Wrth iddyn nhw eistedd godderbyn â'i gilydd, roedd y gwahaniaethau rhwng y ddau'n amlwg. Roedd Gwynfor bob amser mewn siwt lwyd daclus, coler ei grys ar agor a'i sgidiau wedi'u rhwbio â Pledge. Gwyliodd e Jac yn rhibino'r baco yn y papur Rizzla. Roedd ei ewinedd yn dew fel cyrn dafad. Llusgodd Gwynfor ei ddwylo gwyn dros y ford a'u gorffwys yn ei gôl o'r golwg.

"A shwt ma pethe'n dy drin di, Jac?"

Tapiodd Jac y sigarennau ar y ford bob yn un er mwyn eu tacluso.

"Digon i neud, a ddim yn mynd tamed yn ifancach."

"Ma fe'n dod i ni i gyd, on'd yw e?"

Edrychodd Jac arno. "Odi ma fe, ac ma fe'n waeth i fenyw rhywffordd, on'd yw e?"

Bwrodd Martha'r ffreipan yn erbyn y stof.

"Wel, ma'r holl waith caled na yn ddigon anodd ar y corff, on'd yw e?"

"Odi, yn enwedig pan does neb dach chi i helpu."

Edrychodd Sianco i fyny'n dawel ar Jac. Roedd y clais yn ymestyn o ganol ei foch i'w dalcen. Cuddiodd ei wyneb yn ôl yn ei goler.

"Wel, ma 'da ti Martha fan hyn i neud y gwaith papur i ti ac i edrych ar ôl y tŷ. Ma hynny'n gysur mowr iti. Ti'n lwcus iawn, weden i."

Roedd Martha'n arllwys y bwyd ar blatiau yr ochr draw i'r gegin. Cochodd.

"A sôn am fenywod," anelodd Gwynfor ato, "dwi'n clywed bod da ti *lady friend* dy hunan i ga'l."

"A lle glywest ti 'nny?" holodd Jac gan sythu'i gefn.

"Deryn bach, ontife."

Daeth Martha â'r platiau o dato 'di ffrio a bacwn i'r ford. Taflodd gyllyll a ffyrcs lawr cyn estyn plât bach i Sianco ar bwys y tân. Arllwysodd ddŵr poeth i mewn i'r tebot, a oedd yn twymo ar y stof, a thasgodd dafnau o ddŵr i bobman ar yr hotplet. Gosododd y tebot ar y ford a thynnodd Jac ei gap a'i roi amdano i gadw'r te'n gynnes wrth iddo fwrw'i ffrwyth. Bwytodd y pedwar mewn tawelwch llwyr nes i Martha godi a nôl dau fyg a dau gwpan a soser o'r dreser. Roedd honno'n cael ei defnyddio i ddal bwyd a the erbyn hyn, y llestri crand oedd arni wedi eu gwerthu gan Jac i ryw Wyddelod ddaeth heibio. Fe fydden nhw wedi mynd â'r dreser hefyd, heblaw bod Martha wedi dod nôl o rywle mewn pryd a'u hel nhw o 'no.

"Clywed bo ti 'di ca'l anlwc da rhyw anner fach yn ddiweddar 'fyd?" awgrymodd Gwynfor gan lusgo bara menyn dros ei blât ac edrych draw ar wyneb Sianco.

"Ti 'di clywed lot, g'lei," meddai Jac gan eistedd yn ôl. "Weden i bod ti'n gwbod y blydi cwbwl."

"Na, na. Clywed nes i bod Jams lladd-dy wedi gorffod mynd â hi o 'ma. Dim tethe 'da hi ar ôl."

Gwthiodd Martha blatied o fara menyn i wyneb Jac. Cymerodd hwnnw dafell heb dynnu 'i lygaid oddi ar Gwynfor.

"Brid newydd ti'n gweld, *tit-less cow*. Peth od na fyset ti 'di clywed amdanyn nhw; ti 'di clywed am bopeth arall."

Clywodd Martha Sianco'n chwerthin wrth y tân.

"Gymrwch chi de yn y parlwr, Gwynfor?" gofynnodd Martha.

Cytunodd Gwynfor fel arfer. Arllwysodd Martha'r te a chario'r ddau gwpan a saser i mewn i'r parlwr gan adael y ddau fyg ar ôl. Dilynodd Gwynfor hi, ac er ei fod wedi bod yn galw yn y Graig-ddu ers dros ugen mlynedd, fe fwrodd ei ben ar y to wrth fynd drwy'r drws isel unwaith 'to. Roedd Jac yn smocio wrth y ford a'i wyneb yn bell a Sianco wedi mynd i gysgu wrth y tân. Neidiodd Bob ar ei draed i lyo'r saim oedd ar ôl ar ei blât.

Roedd y parlwr yn lle tywyll hefyd gyda phen cadno'n hongian ar y wal. Roedd trwch yn y welydd a'r gwres yn cael ei sugno mas fel bod y stafell yn cadw ar yr un tymheredd drwy'r flwyddyn. Ar y wal roedd hen ffwrn wal yn agor ei cheg fel petai wedi blino, ac roedd y distiau ar y nenfwd yn gwneud i'r lle edrych fel 'se rhywun y tu mewn i garcas. Roedd y celfi'n drwm heblaw am y soffa binc o flaen yr hen deledu. Aeth y ddau i eistedd yn ôl eu harfer.

"Dwi'n meddwl prynu piano," wedodd Martha'n annisgwyl gan eistedd yn ôl ar y soffa. Cododd Gwynfor ei aeliau.

"Piano?"

"Ie, licen i ddysgu 'ware'r piano. Wedodd Mami, pan oedd hi'n fach ac yn forwyn yn Treial, 'i bod hi'n lico mynd a 'ware'r piano yn y stafell fowr pan o'dd Mistres mas."

"O!"

"Bydde fe'n rhywbeth neis i ddysgu, o'n bydde fe? Dangos bod bywyd i ga'l 'ma to." Sgleiniai ei llygaid. Roedd hi wastad yn edrych mlaen at nos Wener, i gael eistedd yn y parlwr a siarad am hyn a'r llall gyda Gwynfor.

"Martha..."

"Allen i ga'l llyfyr wedyn ac enwe'r node a phethe ynddo fe, a dysgu fel 'nny. Sdim rhaid ca'l gwersi, o's e? Dyw'r hen grydcymale ma ddim wedi cyrradd y dwylo 'to."

"Martha..."

"Fydden i ddim yn hir yn dysgu."

"Martha, bydde'n dda 'da fi sech chi'n gweud wrth Jac mod i ise'ch priodi chi..."

Aeth Martha'n llonydd i gyd, fel dŵr llyn.

"Ac wedi bod ise ers blynydde. Ma fe'n meddwl mod i fel rhyw, wel, sa i'n gwbod beth, yn galw heibio ffor hyn o hyd a ddim yn meddwl amdanoch chi o ddifri."

"Wel gadwch iddo fe feddwl beth ma fe moyn. Fel na ma fe." Caeodd Martha 'i dwylo'n dynn o gwmpas ei chwpan.

"Chi'n gwbod allwn ni ddim parhau fel hyn, Martha."

Dechreuodd honno astudio braich y soffa.

"Chi'n gwbod na fydde unrhyw beth gwell 'da fi na'ch bod chi'n dod i Droed-rhiw ata i. Dwi'n gwbod 'i bod hi'n rhy hwyr i ni ga'l plant, ond fe fydden ni'n gwmni..." Sylwodd Martha ei bod hi'n medru gweld trwy'r tseina tenau.

Rhoiodd Gwynfor ei de i lawr ar y llawr wrth droed y

soffa a symud yn agosach ati.

"Alla i ddim aros lot hirach, Martha."

Roedd llygaid Martha'n tywyllu. Y tseina gorau oedd yr un mwya bregus.

"Ar ôl popeth sy wedi digwydd, ry'n ni'n nabod 'n gilydd yn ddigon da nawr. Ma ise rhywun arna i, Martha, i dyfu'n hen... henach gyda'n... "

"Ond wedodd Mami..."

"Anghofiwch Mami am eiliad, newch chi?" ciciodd Gwynfor ei de dros y carped yn ei rwystredigaeth.

"O drychwch... bydd rhaid i fi sychu..."

"Gadwch e fod, Martha... jest am funud gadwch e..."

Ond roedd Martha eisoes ar ei phengliniau'n mopio'r te â chlwtyn llestri oedd ym mhoced ei brat. Gwyliodd Gwynfor hi am sbel.

"Licen i roi'r piano yn y gornel draw fan'na," meddai a'i llais yn neidio wrth iddi sgrwbio. Wedyn allen i 'ware i chi pan fyddech chi'n dod draw."

Caeodd Gwynfor ei lygaid a rhwbio'i ben â'i law yn dawel.

"Martha. Dyw e ddim yn deg arna i na chithe. Ma rhaid i chi benderfynu."

Roedd Martha'n dal i sgrwbio. Cododd Gwynfor a mynd am y drws.

"Diolch am y swper. Fe alwa i 'to er mwyn ca'l 'ch ateb chi. Ond fydda i ddim yn galw am sbel cofiwch, er mwyn i chi ga'l amser i feddwl."

Gwyliodd Martha'n sgrwbio'n dawel cyn troi ei gefn a gadael. Roedd fflwff y carped wedi codi'n beli ar y clwtyn, ond daliodd Martha ati i sgrwbio nes bod ei braich hi'n dost. Yna, rhoiodd y gorau iddi a chodi ac eistedd ar ei phengliniau. Edrychodd tuag at y drws.

Yn edrych i mewn drwy ffenest y parlwr roedd Sianco. Wedi iddo glywed sŵn drws y bac yn cau, edrychodd dros ben clawdd yr ardd a gweld Gwynfor yn mynd i mewn i'w gar. Gwyliodd olau'r cerbyd yn gyrru'r holl ffordd lan y lôn tra bod Bob yn rhedeg mewn cylchoedd o gwmpas ei draed.

Pennod 4

PWYSODD MARTHA a Sianco ar giât y ca' yn gwylio Jac yn hyfforddi'i gi. Roedd y cytiau ar waelod y clôs yn llawn cŵn yn snwffian o dan y drysau pan fyddai rhywun yn cerdded heibio. Heddiw, tro Roy oedd hi i gael gwaith. Roedd Roy yn gi llawen a gwên fawr ar ei wyneb, ond wrth ei waith roedd e fel petai dan ryw swyn. Camai'n ofalus drwy'r borfa fel petai ei ewinedd yn plannu pwythau i mewn i'r pridd. Roedd ei lygaid yn ei dynnu'n reddfol tuag at yr ŵyn tew, a'i gorff yn rhedeg fel ede'.

Byddai Jac yn dewis rhyw bymtheg oen tew i weithio gyda nhw. Roedd rheini'n llai rheibus ac yn haws eu trin gan gi ffres. Byddai'r hyfforddi'n dechrau'n syth wedi iddo gael ei eni. Mynd â'r ci bach i bobman, gadael iddo ddod i mewn i gab y tractor, a gadael iddo'i ddilyn pan âi Jac i saethu cadnoid yn y cwm. Mae hi'n beth rhyfedd, ond dyw ci ddim yn ofni dim byd yn reddfol. Dysgu cael ofan y byddan nhw wrth wylio cŵn eraill. Mae'r un peth yn wir am gŵn cas. Copïo'i gilydd byddan nhw'n ei wneud fan ycha, a dilyn arferion gwael ei gilydd. Dyna pam na fyddai Jac byth yn cadw dau neu dri o'r un oedran gyda'i gilydd. Does dim daioni yn dod ohonyn nhw fel 'nny.

Tua saith mis yn ddiweddarach, roedd Jac yn cerdded o gwmpas y defed gyda chortyn am wddwg y ci. Dim ond dangos digon o'r defed iddo er mwyn ennyn diddordeb, ond ei rwystro rhag rhedeg yn wyllt. Ar ôl hynny, roedd y gwaith caled yn dechre. Roedd ambell i gi a gafodd Jac yn werth dim. Os yw ci'n dwp, twp fydde fe. Do'dd dim byd i neud wedyn ond ca'l 'i wared e – ond roedd Roy yn wahanol. Doedd dim angen cordyn am ei wddwg e, er mai dim ond naw mis oedd e. Eisteddai wrth draed ei feistr yn ysu am gael rhedeg. Edrychodd Jac ar y defaid a phwysodd ar ei ffon. Arhosodd am eiliad cyn gweiddi 'Awê'. Cylchodd Roy o gwmpas y cwlwm o ddefed. 'ISTEDD!' Cwmpodd Roy fel petai wedi cael ei saethu. Symudodd Jac yn ara bach o gwmpas y defaid unwaith eto â llygaid Roy yn gwibio'n wyllt rhwng y defaid a Jac. 'Cym bei!' Cododd a chylchu'r defaid o'r cyfeiriad arall tra bod y rheini'n stablan ac yn troi ar onglau. Roedd Sianco'n gwenu wrth y giât. Edrychodd Jac ar y ci'n anadlu'n drwm gan edrych fel petai mewn byd arall.

Roedd Roy'n gi sensitif, yn gi Scotsh o'r radd ore. Gwyddai Jac yn union sut i'w drafod. Doedd dim pwynt codi llais a gweiddi ar hwn. Po fwya oedd ym mhen y ci, y lleia i gyd roedd rhaid gweiddi. Roedd elfen ynddo fe mor naturiol â dŵr ac awyr. Roedd Jac wastad yn gandryll wrth ddynion y dre am gadw cŵn defaid fel hyn yn anifeiliaid anwes. Gallai Jac edrych i'w llygaid a gweld bod cŵn defed anwes y dre'n mynd o'u coie'n ara bach, bach. Allai e ddim dychmygu bywyd gwaeth i gi defaid.

Byddai ci da'n parchu ei berchennog ac yn awyddus i'w blesio. Roedd ci Scotsh yn wahanol i gŵn Huntaway a phob brid arall. Gwerthodd Jac un ci Huntaway anniben, tywyll flwyddyn cynt. Roedd e'n rhy fawr, yn rhy swnllyd ac yn neidio dros gefnau'r defed. Roedd yn well gan Jac y cŵn oedd yn symud yn llyfnach, yn dawelach ac yn glyfrach. Bu'n rhaid iddo glatsho'r Huntaway nes ei fod e'n udo fel babi er mwyn dangos pwy oedd y bòs. Doedd dim rhaid gwneud hynny 'da'r Scotsh, yn enwedig y rhai gore. Edrychodd Jac draw at Sianco wrth y giât a daliodd ei lygaid am ennyd. Sylwodd Sianco bod llygaid Jac arno ac edrychodd ar y llawr yn ddifrifol reit.

Penderfynodd Jac fod angen sialens ar Roy. Roedd hi'n ddigon hawdd iddo redeg i'r cyfeiriad cywir pan fyddai Jac yn cerdded o gwmpas y defaid gydag e. Doedd hynny'n dangos dim byd. Roedd Roy fel nerf yn tician, yn ysu am gael symud, ond gadawodd Jac e i eistedd am eiliad, ei dafod pinc yn hongian mas o gornel ei geg â'r poer yn dripian i lawr o'i flaen. Yna, pan oedd Jac yn barod, cerddodd drwy ganol y defaid a'u gwasgaru i bobman. 'Awê'. Y tro hwn byddai'n rhaid i'r ci ddangos ei fod yn cofio'r gwahaniaeth rhwng y gwahanol orchmynion. Neidiodd Roy ar ei draed. Cydiodd Jac yn dynnach yn y beipen alcathin yn ei law. Tynnodd Sianco a Martha bobo anadl hir wrth y giât. Roedd y defed ar hyd y ca' fel rhaffed rhaflyd o wlân. Yn sydyn, dyma Roy yn rhedeg ar siâp cryman o'u cwmpas a syrthio fel carreg ar ei fol. Roedd Jac yn union godderbyn â'r ci, a'r defaid unwaith eto yn un cwlwm teidi rhyngddyn nhw fel pelen wlân. Pwysodd Jac ar ei ffon a gwenu. Gwenodd Roy yn ôl drwy goesau'r ŵyn.

Pennod 5

ROEDD Y SOSBENNI'N FFRWTIAN gan gymylu'r ffenestri
â stem. Gorchuddiwyd pob modfedd o'r hotplet â
phenolau sosbenni a ffreipannau, ac roedd y stof yn canu
grwndi oddi tano. Daeth sŵn hen gar Jac o'r tu allan a
suddodd Sianco'n iselach i mewn i'w sedd. Tap tapian ar
y leino.

Roedd hi'n gwmws fel y dychmygodd Martha hi.
Ifancach ond hyll. Golwg ffit arni a gwên ffals. Daeth Jac i
mewn ar ei hôl a dweud wrthi am eistedd. Roedd Sianco'n
ceisio cael golwg arni ond yn methu â chodi ei lygaid yn
ddigon hir i'w gweld yn iawn.

Roedd Martha wedi clirio'r ford i gyd ac wedi rhoi'r
llestri mas yn barod. Ar adegau fel hyn roedd hi'n gweld
eisiau'r llestri gorau fwya.

"Is there anything I can do?" gofynnodd hi heb unrhyw
fwriad codi a gwneud rhywbeth.

Pwyllodd Martha cyn ateb, *"No thank you."*

Arllwysodd Martha ddŵr y tato i mewn i'r tun rhostio
cig er mwyn gwneud grefi. Aeth â'r tato yn y sosban
a'r potsiwr at Sianco iddo gael eu pwtso ar bwys y tân.
Gwrandawodd ar siarad wast Jac a Judy wrth droi'r fflŵr
i mewn yn y grefi.

"Have you been married, Judy?"

Torrodd Martha ar eu traws fel bwyell. Symudodd Jac
ei bwysau o un boch ei din i'r llall.

"Not exactly, Martha."

Roedd y ffordd y dywedai hi ei henw yn codi

gwrid ar Martha.

"*But you've got children, have you?*"

"*Yes, two.*"

"*And where is their father?*"

Doedd dim sŵn heblaw sŵn y llwy yn troi a Sianco'n pwtso'r tato.

"*Well, one's in Leeds where I left him and one is in the army.*"

"*I see.*"

Roedd wyneb Jac yn goch. Daeth Martha â'r bwyd i'r ford.

"*This looks good. I hope you haven't gone to too much trouble.*"

"*No, not for you anyway. It's our mother's birthday today and we celebrate it every year.*"

"*Oh, she must be a good age by now; how old is she?*"

"*She's dead – help yourself.*"

Daeth Sianco at y ford am unwaith ac eisteddodd ar bwys Martha. Sylwodd Martha fod Jac wedi sgwrio'i ewinedd yn lân.

"*Jac's been so kind to me.*"

Cododd Martha ei haeliau.

"*He said I could keep my horses here if I liked. He's so sweet. That's where we met, you see. I was buying feed at the…*"

"We don't like horses," meddai Martha. "They contribute nothing to the farm."

"Tebyg i chi, te, Martha," wedodd Jac. Stopiodd Martha fyta.

"Byddwch ddistaw, Jac. Chi'n gwbod mai pen-blwydd Mami yw hi heddi ac os na allith hon ddangos bach o barch, dwi'n siŵr y gallwch chi neud."

"Wel, lot o help o'dd honno! Se hi 'di neud y peth iawn fydde dim un ohonon ni yn y cachu 'ma."

"Falle bod rheswm 'da hi beidio gadel y lle ma i chi, Jac, a weden i wrth edrych ar hon bod ganddi hi reswm go dda 'fyd."

Roedd Judy'n ceisio anwybyddu'r cyfan drwy fwrw ati i fwyta. Cododd Martha a mynd i ddechre tacluso. Bwytodd y lleill mewn distawrwydd. Daeth yn ôl i glirio'r platiau cyn estyn tarten fwyar duon o'r dreser. Rhoddodd honno ar ganol y ford.

"Tart?" gofynnodd i Judy â'u haeliau'n uchel. Torrodd ddarnau cyn i honno gael amser i ateb gan wylio'r sudd tywyll yn gwaedu trwy'r crwstyn aur. Rhoddodd la'th ar y ford i'w arllwys dros y darten ac eisteddodd yn dawel.

Ar ôl swper aeth Judy a Jac i eistedd yn y parlwr a dyna i gyd y gellid ei glywed oedd chwerthin merchetaidd Judy bob nawr ac yn y man. Gwrandawodd Sianco arnyn nhw â'i feddwl yn rhywle arall.

Wedi clirio'r llestri aeth Martha at y drws a gwisgo'i welingtons. Cydiodd yn ei chot fowr a cherdded mas. Roedd hi'n noson glir, glir a'r lleuad bron yn llawn. Cerddodd ar draws y clôs ac i fyny at y storws. Dringodd y grisiau ac eistedd ar y stepen ucha.

O fan hyn roedd hi'n bosib gweld yr holl ffordd lawr a lan y cwm. Gwyliodd oleuadau'r pentre'n creu gwrid oren i lawr yn y cwm, ond tywyllwch llwyr oedd ym mhen y cwm. Roedd Martha bob tro'n meddwl sut roedd Graig-ddu yn edrych o'r fan hynny. Duwch oedd yno hefyd. Ai yno roedd Gwynfor?

Roedd hi'n bosib gweld yr eglwys o fan hyn hefyd. Roedd honno ar dir y ffarm yn wreiddiol. Heno, roedd hi'n edrych fel arian â'r golau'n dal y cerrig beddau weithiau gan greu effaith fel goleuadau Nadolig. Roedd teulu'r Graig-ddu i gyd wedi eu claddu yno, ac yn lle cael eu claddu yng nghanol y fynwent, roedd beddau'r teulu mor agos i'r clawdd â phosib. 'Na beth od, meddyliodd Martha. Pob un ohonyn nhw'n edrych i lawr dros y ffarm ac yn cadw golwg arni, fel petaen nhw'n dal yno'n gwylio popeth oedd yn digwydd. Crynodd Martha, yn rhannol wrth feddwl am hyn ac yn rhannol oherwydd yr oerfel. Clywodd sŵn traed. Sianco'n sgelcian ambwti'r lle. Dringodd yntau'r grisiau ac eistedd ar bwys Martha. Roedd Bob yn cysgu'n sownd dan ei got. Eisteddodd y ddau'n dawel.

"M... m... ma teulu ni 'di ca'l eu plannu lan fyn'na 'yn odyn nhw, Martha?"

Gwenodd Martha. "Odyn, Sianco."

"Pryd byddan nhw'n dod lan?"

"Sa i'n gwbod, Sianco. Yn y gwanwyn, falle."

Clywodd y ddau sŵn drws yn cau a sŵn traed ar y clôs. Yna injan yn tanio. Dilynodd y ddau oleuadau'r car yr holl ffordd i fyny'r lôn nes aeth hi'n dywyll bitsh unwaith eto.

Pennod 6

FORE DYDD IAU roedd Martha'n paratoi mynd i'r dre. Roedd hi wedi smwddio'i siwt las yn barod. Roedd bob dydd Iau'r un fath. Mynd yn hen gar Jac lawr i'r dre, codi pils Sianco a phensiwn Jac, mynd i'r Co-op i brynu bwyd, neud negeseuon yn y dre, ac wedyn galw yn y caffi am de cyn dod adre i neud swper. Pwysodd Martha ymlaen ac edrych drwy ffenest ei llofft i weld oedd angen cot drom arni.

Yno, ar y clôs, roedd Sianco'n wilibowan. Gwyliodd e am eiliad. Edrychodd Sianco o'i gwmpas cyn cerdded rhwng y tractor a'r treiler. Pan oedd o'r golwg, sylwodd Martha fod eisiau golchi'r ffenestri. Ar ôl eiliad, dyma Sianco'n dod i'r fei unwaith eto ac yn rhedeg fel cythrel cyn cuddio y tu ôl i wal y parlwr godro. Gwyddai Martha beth fyddai'n digwydd nesa, a setlodd yn ôl i fwynhau'r sioe. Mewn munudau dyma Jac yn dod o rywle, a mwg y baco fel cwmwl o gwmpas ei ben. Roedd e'n mynd yn ei gyfer fel arfer. Tynnodd ei hun i fyny i mewn i gab y tractor a chau'r drws. Taniodd yr injan a gollwng yr hand-brêc. Suddodd Sianco'n is y tu ôl i'r wal. Roedd Martha'n gwenu'n barod. Rhoddodd Jac y tractor mewn gêr a bant ag e, ond gan adael y treiler yn sefyll yn llonydd ar ganol y clôs. Erbyn i regfeydd Jac gyrraedd y clôs ar y gwynt roedd Sianco wedi dianc ymhell i ffwrdd i'r ydlan â'r *lynchpin* yn saff yn ei boced. Chwarddodd Martha unwaith eto cyn gwasgu ychydig rhagor o bowdwr ar ei thrwyn a dewis pa neclas i'w gwisgo. Edrychodd ar y pentwr euraidd yn nadreddu tros ei gilydd ar y ford. Dewisodd un roiodd Gwynfor iddi, cyn ei rhoi'n ôl a gwisgo un ei mam. Cliciodd y swits 'becleit' i ffwrdd a mynd mas. Roedd Jac ar y clôs.

"Martha! Chi 'di gweld y crwt 'na?" Roedd drygioni Sianco wedi egino'i dymer yn fflam.

"Nadw Jac."

"A lle 'ych chi'n mynd 'to, te? O's rhaid i fi neud y cwbwl yn y lle 'ma o hyd?"

Taflodd Martha ei bag ar sedd draw'r car.

"I'r dre. Os chi'n moyn swper heno, ma'n well i fi fynd i hôl cwpwl o negeseuon. O's rhywbeth 'da chi weud am 'na 'to, te?"

Oedodd Jac am eiliad cyn edrych ar y llawr. Troiodd ar ei sawdl a sgelcian am gytiau'r cŵn. Wrth i Martha droi'r car am giât y clôs gwelodd Jac yn cydio yn Bob wrth ei goesau ôl a dal ei ben jest uwchben cafan dŵr y da godro.

"Sianco!" gwaeddodd Jac nerth ei ben.

"Os na ddei di â'r ffycin pin 'na nôl i fi nawr, ma Bobi bach yn mynd i ddysgu nofiad dan dŵr." Roedd gwên faleisus ar ei wyneb.

Gwyliodd Martha'r ci bach yn ymladd fel pysgodyn ar fachyn. Wrth ddreifio i fyny'r lôn edrychodd yn ôl i weld Sianco'n dod yn dra'd i gyd â'i lygaid yn fawr mewn ofan.

Roedd y dre'n brysur ac fe aeth mwy o amser nag arfer i neud y negeseuon. Roedd hi'n ddiwrnod mart hefyd a chaffi Eurwen yn llawn dop. Archebodd Martha gwpaned o goffi lla'th a chacen. Byddai hi bob tro'n yfed coffi yn y caffi gan ei bod hi'n medru cael te gatre. Byddai hi'n gwrthod y sgons a'r pancws hefyd am rywbeth bach mwy egsotig. Aeth i eistedd gan aros am un o'r merched ifainc i ddod â'i harcheb at y ford. Fyddai hi byth yn siarad â neb yn y caffi, dim ond eistedd a gwrando ac edrych ar beth byddai'r menywod eraill yn ei wisgo.

Doedd y caffi heb newid rhyw lawer chwaith dros y blynyddoedd. Roedd y cownter pren yn union yr un peth, a'r arwydd glas uwch ei ben yn sillafu'r un hen eiriau, *'Cigarettes, Sweets and Minerals'*. Roedd y byrddau fformeica coch wedi treulio'n gymylau gwyn dan benelinoedd pobol, a'r gronynnau halen arnyn nhw'n neidio wrth i'r archeb landio. Byddai Martha bob tro'n ymladd yr awydd i nôl clwtyn a'u sychu'n lân. Roedd y gwydr yr un peth hefyd. Hen wydr mawr anferth yn rhedeg ar hyd a lled un wal a roddwyd yno gan berchennog craff er mwyn gwneud i'r lle edrych ddwywaith ei faint.

Y newid mwya oedd y merched y tu ôl i'r cownter. Roedd rheini'n ifancach ac yn llawer mwy swrth. Ddim fel y merched oedd yno pan gwrddodd Martha â Gwynfor am y tro cynta ar ddiwrnod mart. Erbyn hyn roedd yn rhaid llyncu'r coffi a'r gacen yn gloi er mwyn gwneud lle i rywun arall. Rhywbeth hamddenol fyddai cael te mas pan fyddai Mami a hithau'n dod yno slawer dydd. Roedd popeth yn lanach bryd hynny hefyd, meddyliodd Martha. Sylwodd Martha fod y caffi wedi gwacáu a chlywodd hi dap tapian diamynedd ewinedd ar y cownter. Rhoddodd hi'r newid iawn ar y ford a gadel.

Wrth yrru i mewn i'r clôs gwelodd Martha'r car dierth. Wrth iddi gasglu ei phethe a cherdded am y drws meddyliodd pa rep oedd wedi galw heibio. Roedd hi'n rhy gynnar i'r rep cêc ac roedd dyn y stwff glanhau'r parlwr wedi bod. Sylwodd fod stêm ar ffenestri'r gegin. Gwthiodd y drws gan straffaglu dan bwysau'r cydau plastig o'r Co-op. Gollyngodd y bagiau ar y llawr. Rholiodd afalau i bobman a gwyliodd Sianco nhw'n mynd nes i un afal arafu a siglo gan aros yn stond wrth draed Judy.

"*O dear,*" gwenodd Judy heb blygu i'w godi. "*Hope you don't mind but I've made tea already, seeing you were so late. It's Spaghetti Bolognaise. You can freeze whatever you've bought, can't you?*"

Pennod 7

"**M**MMMARTHA, Martha."

Teimlodd Martha rywun yn tynnu ar ddillad y gwely. Dihunodd i weld wyneb Sianco'n welw uwch ei phen. Roedd e'n sefyll yn ei Long Johns ac yn neidio o un droed i'r llall oherwydd yr oerfel. Roedd e'n denau ofnadwy.

"Ff... ff... ff... ffili cysgu."

Tynnodd Martha ei hun ar ei heistedd a phlygu dillad y gwely'n ôl. Cydiodd yn y bolster plu o dan y clustogau a'i droi, cyn ei osod lawr canol y gwely er mwyn ei rannu'n ddau. Symudodd draw i ochr arall y gwely. Roedd y gobennydd a'r garthen yn oer yr ochr honno. Daeth Sianco i mewn i'r ochr arall a'i bwysau'n gwneud i Martha fownsio am eiliad.

Roedd yr un peth wedi bod yn digwydd ers wythnosau a Martha wedi gobeithio y byddai Sianco wedi dod i arfer â chysgu ar ei ben ei hun erbyn hyn.

Roedd Jac a Judy wedi codi pabell yng Ngha' Marged ac fe fyddai Judy'n mynnu eu bod nhw'n cysgu yn honno pan fyddai ei phlant adre. Ond yn ei thŷ cownsil yng Nghylch Pedr y bydden nhw pan fyddai'n rhy oer a'r plant gyda'u tad. Allai Martha ddim â chredu'r peth pan welodd hi'r babell gynta. Bu Jac a Sianco'n cysgu gyda'i gilydd er pan oedden nhw'n blant crynion, a chan mai dim ond tair ystafell wely oedd yn Graig-ddu ac un o rheini'n llawn o bethau Mami, roedd hynny wedi bod yn hwylus.

Roedd Martha'n ffeili'n deg â chysgu. Gwenodd yn

drist – roedd Sianco'n methu â chysgu gan nad oedd Jac yno, ac felly'n dod i gysgu at Martha, a Martha'n methu â chysgu oherwydd nad oedd hi'n gyfarwydd â rhannu gwely. Eisteddodd unwaith eto gan wrando ar anadlu trwm Sianco. Weithiau byddai'n dda ganddi fod fel Sianco, yn gallu cysgu'n sownd fel babi.

O'r gwely, roedd Martha'n medru gweld trwy'r ffenestr ddofn allan i'r clôs ac i'r caeau uwchben. Roedd hi'n noson oer heno. Byddai Jac a Judy yn ei thŷ cownsil, sdim dowt.

Byddai'n rhaid dechrau meddwl am y Nadolig, meddyliodd. Roedd dau dwrci yn y sied yn bwyta'n ddiniwed reit. Sianco fyddai'n eu bwydo ac fe fyddai'n eistedd am ryw brydoedd yn eu gwylio. Bydden nhw'n cadw dau rhag ofan i rywbeth ddigwydd i un ohonyn nhw. Pe byddai'r ddau'n iawn bydden nhw'n bwyta un adeg y Pasg. Un flwyddyn trodd pennau'r ddau'n ddu. Roedd golwg ryfedd arnyn nhw a Mami wedodd bod rhaid rhoi corryn i lawr gwddwg y ddau cyn y bydden nhw'n gwella. Sianco ga'th y gwaith, wrth gwrs, er ei fod yn dwli ag ofan corynnod. Bu'n rhaid iddo fe fynd i'r hen feudy coch a thaflu dŵr ar hyd yr hen wal bridd. Roedd corynnod anferth i ga'l fan 'nny a threuliodd Sianco'r diwrnod yn llefen fel plentyn wrth eu dal. Roedd Mami'n dweud bod rhaid iddyn nhw fynd lawr y corn gwddw â'u pennau gynta ne fyddai'r moddion ddim yn gweithio. Roedd Jac wedi godro a bwydo cyn i Sianco ddod mas o'r sied yn chwys ac yn bluf i gyd. Gwella nath y twrcwns sach 'nny.

Byddai'n rhaid mynd lawr i'r cwm hefyd i chwilio am gelyn a iorwg. Symudodd Sianco wrth ei hochr a gollwng rhech hir swnllyd. Edrychodd Martha arno. O leia roedd e'n llonydd heno. Weithiau byddai'n tasgu a throi fel petai holl fwystfilod y byd yn ei ben. Byddai'n gwneud wynebau ofnadwy a oedd yn hela ofan ar Martha – nes iddi gofio mai dim ond Sianco oedd yno. Heno, roedd ei wyneb yn llyfn ac yn bell i ffwrdd a'r blew gwyn arno yn gwneud iddo edrych yn ifancach yn hytrach nag yn henach. Rhoddodd Martha law ar ei dalcen. Roedd ei wyneb yn oer. Sylwodd ar ei ên sgwâr a'i fochau wedi suddo'n ddau bant gan ei fod mor dene, a'r croen wedi'i dynnu'n dynn dros ei benglog fel porfa tene dros dir uchel. Dan ei ên roedd crachen yn brawf iddo dorri ei hun wrth siafo. Roedd ceg o waed o gwmpas y briw, a chylch o wisgars tywyll lle roedd wedi osgoi siafio'r man 'nny ers diwrnode.

Wrth ddal ei llaw ar ei dalcen meddyliodd Martha lle'r oedd Gwynfor heno. Roedd nos Wener yn union run peth â phob noswaith arall erbyn hyn. Bu ei ymweliadau'n farcyn ar yr wythnos, yn rhywbeth i drefnu pethau o'u cwmpas. Weithiau, ar ddydd Llun, byddai hi'n dod ar draws rhywbeth yn y papur ac yn ei hatgoffa ei hun y dylai sôn amdano wrth Gwynfor. Neu efallai y byddai hi'n trio rysait newydd am gacen ac yn aros am nos Wener i gael ei feirniadaeth. Roedd bob dydd yr un peth bellach. Dychmygodd Jac a Judy yn un cwlwm yn ei thŷ cownsil.

Edrychodd drwy'r ffenest unwaith eto a gweld yr ystlumod yn chwarae fel pysgod. I ganol rheini, daeth y gath. Roedd hi'n symud fel arian byw ac wedi hen anghofio am ei cholled erbyn hyn. Gwyliodd Martha hi'n symud mor llyfn â menyn. Yn sydyn dyma'r gath yn gweld rhywbeth ac yn stopio'n stond yn barod i bownsio. Symudodd y cwmwl a chryfhaodd golau'r lleuad am eiliad gan oleuo'r babell ganfas, werdd a oedd fel pothell ar groen Ca' Marged.

Pennod 8

L LADDWYD Y TWRCWNS ben bore. Roedd hi'n bwrw'n blanc a'r clôs yn bwdel i gyd. Rhedai'r dŵr trwy'r iard odro gan setlo mewn pyllau ym môn y domen ar waelod y clôs. Roedd na ddarnau o wellt yn troi a throi ar wyneb y dŵr. Roedd hi'n llwyd ac yn ddiflas a'r unig olau'n dod o'r hen feudy coch lle'r oedd Jac a Martha'n ceisio dal y twrcwns a Sianco a Bob yn eu gwylio o'r ciwbicls.

"Watshwch, fenyw! Dalwch hi fyn'na nawr te. Caewch y drws 'na!"

"Jac, tu ôl ichi!"

Neidiodd y twrci at Jac a'i fwrw'n erbyn y wal.

"Jac, bydde'n well sen ni'n gadel iddyn nhw setlo am sbel," gwaeddodd Martha dros y gymanfa.

"Beth?"

"Bydde'n well i ni ga'l hoe fach iddyn nhw ddod at eu hunen!" Gwaeddodd yn uwch y tro 'ma.

"Gewn ni'r diawled nawr! Dewch rownd fan hyn, Martha!"

Roedd Jac yn ceisio corlannu'r twrcwns yng nghornel y beudy gan ddefnyddio hen ddrws er mwyn i Martha aller cael gafel iawn ar un ohonyn nhw. Ond roedd y twrcwns fel petaen nhw'n gwybod beth oedd o'u blaenau a doedden nhw ddim am ildio'n hawdd. Byddai wedi bod yn haws petai Jac wedi sgrapio'r hen feudy cyn iddyn nhw drio lladd y twrcwns – roedd y dom yn drwch ar y llawr ac wedi hen galedu gan wneud hi'n ddanjerys ofnadwy cerdded arno.

"Iesu Grist, fenyw, be sy'n bod 'no chi? Dalwch y ffycers ne byddwn ni 'ma hyd ddydd Calan!"

Bob tro byddai Martha'n mynd am wddwg un ohonyn nhw, roedd naill ai'r drws, Jac neu'r wal o'r ffordd, ac os bydde hi'n ca'l crap go lew ar un fe fyddai'r cythrel yn ymladd fel blaidd. Doedd naw pwys ar hugen o dwrci crac ddim yn beth i chware gyda fe. Allen nhw dorri braich fel brigyn.

Ar ôl rhyw bum munud roedd Martha'n dechrau blino a'r twrcwns yn codi fflwcs â'u hadenydd, a hwnnw'n mynd i'w llygaid nes bod rheini'n rhedeg. Roedd hi'n anoddach byth cael gafael ynddyn nhw wedyn. Rhedai rhegfeydd Jac fel afon, ac fe fyddai'n rhoi cic i'r drws bob nawr ac yn y man. Roedd ei wyneb yn goch, goch. Penderfynodd newid ei dechneg a rhoi ffling i'r drws a chwifio'i freichiau fel melin wynt.

Yn sydyn dyma Martha'n clywed sŵn arall uwchlaw clochdar y twrcwns, sŵn y glaw ar y to a gweiddi Jac. Sŵn yn dod o ben draw'r beudy. Sianco oedd yno yn ei ddwble'n chwerthin ac yn pwyntio at Jac. Edrychodd Martha ar Jac a sylweddoli mor ddoniol oedd yr olygfa. Daliai Jac ati i chwifio'i freichie'n anymwybodol bod llygaid Martha a Sianco'n ei wylio. Roedd ei fol yn corco a'i wddwg run lliw â bacwn. Roedd golwg mor wyllt â'r twrcwns arno fe.

Dechreuodd Martha hithau chwerthin nes ei bod hi'n dost a phwysodd yn ôl yn erbyn wal y beudy. Chwarddodd y ddau fel roedden nhw'n arfer gwneud pan oedden nhw'n blant. Roedd y cryndod ym mol Sianco'n rhywbeth mor anghyfarwydd i Bob fel y dechreuodd hwnnw udo hefyd. Gwnaeth hyn i Martha a Sianco chwerthin yn uwch, ac o'r diwedd – â'i freichiau'n dal i chwifio – daeth Jac yn ymwybodol o'r jôc.

Syllodd arnyn nhw am eiliad mewn tawelwch cyn cyfarth, "Dewch mla'n, 'na ddigon ar y pipo ma. Newch rywbeth, er mwyn duw!"

Ond wrth iddo droi i godi'r drws unwaith eto, roedd hyd yn oed Jac yn methu â chuddio'r wên fach ar ei wefus.

Wedi hongian y twrcwns ar beipen yr hen beiriant Alfa Laval, i wneud pethau'n haws, aeth y tri ati i blufio. Ar ôl rhyw bedair munud gollyngodd y twrcwns eu pluf ac yna aeth y tri at y rhai mwya anodd ar yr adenydd gyda phleiars. Gweithient yn dawel a Bob yn snwffian yn y biswel â'i drwyn yn goch gan waed y twrcwns. Roedd hi fel petai'n bwrw eira yn y beudy, a Sianco'n eu chwythu o'i aeliau bob nawr ac yn y man. Mewn rhyw chwarter awr roedd y llawr yn wyn i gyd. Ar ôl gorffen, lapiwyd y ddau gorff mewn blancedi, er mwyn eu cadw'n gynnes, a'u cario fel poteli dŵr poeth drwy'r glaw i'r tŷ. Roedd Martha wedi gwneud brechdane y bore hwnnw er mwyn peidio â cholli amser yn gwneud bwyd. Roedd y ford fach mas yn barod i dderbyn y ddau becyn.

Aeth Jac at y stof i wneud te. Arllwysodd y dŵr i'r tebot a thynnu'i gap fel arfer a'i roi am y tebot cyn ei gario at y ford. Roedd diwrnod plufio'n un o'r achlysuron prin hynny pan fyddai Jac yn llenwi'r tebot. Aeth at y drws a thynnu'i sgidie er mwyn cael eistedd ger y tân. Dechreuodd chwilio am ei faco. Roedd Sianco'n eistedd wrth ei ymyl, ei lygaid yn dechrau cau a Bob ar ei fol yn crynu fel weiren bigog wedi cael plwc.

Torrodd Martha'r penne a'r trad i ffwrdd yn gynta a'u taflu i fwced o dan y ford fach. Torrodd y gyddfau gan dynnu'r cig mas a'i roi naill ochor ar gyfer cawl. Haliodd y stumog a'r corn gwddwg mas a rhoi'r diwben ar y ford fach yn barod ar gyfer y perfformans fyddai'n dilyn. Ar ôl torri hac yn nhin y ddau a thynnu'r perfedd, gofalodd dynnu'r bistil wrth yr afu heb ei dorri. Agorodd y dwy lasog hefyd er mwyn i Sianco gael gweld beth oedd ynddyn nhw. Rhyw flwyddyn, roedd 'na fotwm bach mewn un ac fe gadwodd e hwnnw am lwc. Iâr a cheiliog oedd yma, beth bynnag, ac edrychodd Martha ar yr wyau bach gwlyb gole fel gronell yng nghhwdyn yr iâr.

Ar ôl golchi'r ddau dwrci'n lân aeth â nhw i'r lleithdy o'r ffordd a daeth yn ôl i olchi'i dwylo. Cymerodd de a brechdan cyn eistedd, gyda Jac a Sianco'n ei gwylio mewn tawelwch.

"Hen bitsh o dywydd," meddai Jac wrtho'i hunan yn fwy nag wrth neb arall. "Ddim yn cofio tywydd fel hyn adeg Dolig eriod. Glaw diflas."

Fel petai'r glaw'n ei glywed, fe dapiodd hwnnw'n galetach ar y ffenest fel se'n gofyn am gael dod i mewn ac eistedd ar bwys y tân. Hyrddiodd y gwynt eto gan ddod i mewn dan y drws mas. Roedd y papur wal o gwmpas y ffenestri'n codi pan ddigwyddai hyn. Fflamiodd y tân yn fwy gloyw am eiliad.

"Ffycin Nadolig, wir... "

Ar ôl gorffen ei the dyma Martha'n estyn y corn gwddw oddi ar y ford fach a goleuodd llygaid Sianco. Sythodd y diwben binc wlyb allan a chwythu i mewn iddi gan wneud sŵn tebyg i ryw fath o 'Jingle Bells'. Roedd Sianco'n blet, a hyd yn oed Jac yn gwenu.

Bob blwyddyn byddai Martha'n chwarae, Sianco'n chwerthin a Jac yn gwenu. Roedd Nadolig yn agosáu.

Pennod 9

ROEDD MARTHA'N chwys drabŵd a'r gwres o'r stof yn llosgi'i llygaid bob tro yr agorai'r ffwrn. Bu'n rhaid iddi dorri coese'r twrci er mwyn ei gael i mewn i'r ffwrn ac fe ddiferodd y saim ar y llawr wrth iddi ei dynnu mas gan wneud y leino'n slic. Dechreuodd glirio'r platiau ar ôl cinio.

"Diolch," wedodd Jac gan hanner gorwedd yn ôl ar y sgiw a rhwbio'i ochre. Roedd e'n eistedd â'i goler a'i gopis ar agor er mwyn gwneud lle i'w fol. Roedd Sianco'n cysgu ar bwys y tân yn barod, â het bapur goch am ei ben. Roedd Bob yn chwilota dan y ford am sbarion. Roedd diwrnod Dolig yn ddiwrnod i wledda i hwnnw hefyd.

"Ma hwn yn gwd stwff 'fyd." Cydiodd yng ngwddwg y botel sgwâr o wisgi roedd e'n brysur yn ei gwacáu. "Yr hen Jac... Jac Daniels 'ma."

Arllwysodd fesur arall i'w hunan.

"Dewch â'r Corona 'na 'ma."

Daeth sŵn car o'r clôs. Tynhaodd ysgwyddau Martha wrth y sinc. Neidiodd Sianco ar ddihun am fod Bob wedi dechrau cyfarth. Edrychodd Martha ar Jac ond pallodd hwnnw ag edrych yn ôl arni. Daeth Judy i mewn yn gwisgo clustdlysau tinsel Nadoligaidd, yn wên i gyd, ac eistedd ar bwys Jac. Arllwysodd Jac fesur o wisgi iddi.

Ych-a-fi, meddyliodd Martha, menyw yn yfed fel'na ar ddydd Dolig.

Gwyliodd Judy Martha'n clirio heb ddweud gair, dim ond taflu ambell wên fel taflwr cyllyll mewn syrcas ati. Roedd pob gwên bron â thynnu gwaed. Aeth Sianco'n ôl i gysgu gan nad oedd presenoldeb Judy o ddiddordeb iddo bellach.

"And where are your children today then, Judy?"

Syllodd honno arni'n syn cyn edrych i mewn i lygaid Martha.

"Brian picked them up this afternoon. Everyone who has children needs a break from them from time to time," meddai'n bwyllog.

Roedd siarad â Judy fel cerdded trwy gae o ddail poethion. Roedd Jac wrthi'n arllwys gwydred arall.

"I think they'd like it here though, they've always liked being outdoors."

Parhaodd Martha i olchi'r llestri heb wneud sylw ohoni. Roedd Martha'n teimlo fel petai dwylo oer am ei gwddwg a'r rheini'n gwasgu'n dynnach gyda phob ymweliad gan Judy. Wrth sgrwbio'r tun rhostio, meddyliodd am Gwynfor. Sgrwbiodd yn galetach cyn ei gael e'n lân.

Roedd Jac wrthi'n dweud stori unwaith eto. Aeth Martha at y dreser ac fel petai'n anweledig arllwysodd ychydig o ddiod fain cyn eistedd. Daeth Bob mas o dan y ford a neidio i'w chôl.

Byddai Jac yn dweud storïau o hyd, ond roedd yn cael hwyl arbennig arni heno rhwng y wisgi a chael pâr newydd o glustiau i wrando. Y stori gynta oedd am y tro aeth i saethu brain yn y cwm. Fe honnai fod y brain yn fwy pan oedd e'n ifancach ac roedd hi'n ddanjerys mynd mas i'w saethu rhag ofan i un ddisgyn ar ei ben. Doedd Jac ddim ond yn dweud y straeon hyn pan fyddai mor feddw â whilber galico, ac fe ddaeth ei wyneb yn fyw fel pyped wrth iddo ddisgrifio sut y gwnaeth o saethu tair brân.

"They were so big," meddai gan wneud stumie gyda'i freichiau, *"like this,"* pwysleisiodd. *"I could only fit three in the back of the Land Rover."*

39

Chwarddodd Judy braidd yn rhy uchel ac yn rhy hir. Cododd Bob ei ben mewn syndod ac edrych arni. Sylwodd Judy.

"Oh, stop that thing from looking at me, will you Jac?"

Edrychodd i gyfeiriad Martha. Llusgodd Jac ei olwg tuag at y ci yng nghôl Martha a chydiodd mewn un o'i esgidiau a'i thaflu at y ci. Yn ei feddwdod fe fethodd â bwrw Bob ac fe landiodd yr esgid yn drwm ar fol Martha. Edrychodd Jac a Judy ar ei gilydd cyn ffrwydro chwerthin. Roedd Martha'n teimlo ei bod wedi ei chleisio ac fe ymosododd Bob ar yr esgid ar lawr gan ei chnoi'n wyllt wrth edrych i fyny'n dosturiol ar Martha. Dim gair o ymddiheuriad gan Jac.

"The fields are so big in America, you see, they plough up them one day and they come back the next!"

Tawelodd y chwerthin ar ôl rhyw ddwy funud a sylwodd Judy bod Martha'n edrych tuag atyn nhw. Tynnodd ei llaw oddi ar un Jac a'i chynnig i Martha.

"And what do you think of this then, Martha, isn't it lovely?"

Cododd Martha ar ei thraed a mynd ati. Roedd dwylo Martha'n goch ac wedi chwyddo yn yr holl ddŵr poeth. Cydiodd yn llaw Judy a gwelodd fodrwy aur ar ei bys. Ar ôl sylwi nad ar ei bys priodas roedd hi, adnabu'r fodrwy. Un Mami oedd hi. Teimlodd Martha'n wan i gyd a chododd ei thymer fel ton i'r brig.

"It's my Christmas present," edrychodd Judy ar Jac gan wenu. Doedd hwnnw ddim yn gwbod beth i 'weud.

"But I said – we said, it was going to be a secret…" roedd ei dafod yn dew.

"Ooops, sorry, I forgot," ebychodd Judy gan wenu ar Martha.

"Allwch chi ddim, Jac. Do'dd dim hawl 'da chi… "

"O peidwch â dechre arna i 'to… " atebodd hwnnw cyn gadael iddi orffen.

"Allwch chi ddim. Sdim hawl 'da chi ei rhoi hi." Cododd llais Martha'n beryglus o uchel.

"Fi yw'r hena a fi ddyle fod wedi ca'l popeth. Fi o'dd pia hi wedyn."

"*DIM* chi oedd pia hi, Jac, a do'dd dim hawl 'da chi."

"Wel, ma'n bryd i un ohonon ni ddechre neud rhywbeth 'ma… Do's dim byd yn newid 'ma… Do's neb yn berchen ar ddim byd 'ma, o's e? A lle ma'r dyn na 'da chi heddi, te? Na pam do's dim hwyl arnoch chi? O leia ma hon ma 'da fi heddi, ta beth."

Roedd yr holl eiriau roedd ar Martha eisiau eu dweud ar yr un pryd wedi blocio'i chorn gwddwg. Roedd yr un edrychiad yn ei llygaid ag yn llygaid y gath wrth iddi fewian yn nhrawstiau ucha'r ydlan y diwrnod y lladdodd Bob y cathod bach.

"Agorwch eich llygaid, Jac," dywedodd hi'n dawel.

Cerddodd Martha at y drws a gwisgo'i chot.

"Ble chi'n mynd?" gofynnodd Jac wrth i eiriau Martha ei sobri dipyn bach.

"M… MM… Martha… " cychwynnodd Sianco.

"Ca' dithe dy ben 'fyd. Cer mas o'r ffordd i rywle… "

Bwrodd Jac yr esgid arall at Sianco a diflannodd hwnnw i fyny'r grisiau a'i gwt rhwng ei goesau. Nadreddodd Judy ei braich yn ôl am fraich Jac.

"I roi rhith ar fedd Mami fel wi'n neud bob blwyddyn, Jac."

Cydiodd yn y cwdyn plastig o'r dreser a chau'r drws yn gadarn y tu ôl iddi.

Pennod 10

FEL ARFER byddai Martha'n croesawu'r oerfel ar ei gwyneb, ond heno roedd y tarth yn dod â gwrid i'w bochau. Roedd hi'n dechrau nosi a'i llygaid yn cymryd sbel i ddod i arfer â'r tywyllwch. Roedd y da wedi dechrau ymgynnull yn yr iard yn barod i'w godro, diwrnod Dolig neu beidio. Roedd dwylo Martha'n oeri wrth gario'r cwdyn, a thynnodd ei chot yn dynnach am ei gwddwg.

Bob blwyddyn byddai hi'n cerdded lan y lôn i'r tir ucha, wedyn trwy'r caeau a mynd dros ben y clawdd i mewn i'r fynwent i roi rhith ar fedd Mami. Fel arfer, fe fyddai hon yn wâc braf ar ôl bwyta gymaint o fwyd ac fe fyddai'n cael amser i feddwl wrth gerdded. Byddai hi'n meddwl am yr holl ddyddiau Dolig roedd hi wedi'u treulio yn Graig-ddu. Byddai hi'n meddwl am y flwyddyn newydd, ac am bethau eraill oedd yn cael eu claddu am weddill y flwyddyn. Roedd hynny'n beth od, meddyliodd, wrth iddi bron â baglu dros garreg. Sut byddai pobl yn claddu meddyliau dim ond i'w hatgyfodi bob nawr ac yn y man er mwyn perswadio'u hunen eu bod nhw wedi byw.

Heno, roedd y meddyliau fel cant a mil o falŵns yn ei phen, a'r rheini'n ceisio ysgwyddo'r lleill mas o'r ffordd yn dawel bach. Roedd hi'n amhosib meddwl am ddim ond un peth. Cyrhaeddodd ben y lôn ac edrychodd yn ôl am y tŷ. Roedd y cwbwl yn edrych yn union fel y bydde fe pan oedd hi'n groten fach, heblaw am y ceir fel chwilod a'u cefne nhw'n sgleinio gan salwyno'r clôs.

Cydiodd yn dynnach yn y cwdyn a phenderfynu dringo

dros y giât yn lle ei hagor. Byddai hi'n arfer ca'l cystudd 'da Dat am wneud hyn pan oedd hi'n groten fach. Fel petai pwysau croten mor ysgafn yn mynd i dorri'r colynne. Gwenodd. Roedd Dat wedi ennill y ras am y bedd ar Mami o dros ugen mlynedd. Byddai Mami yn aml yn ei ddiawlo am ei gadael ar ei phen ei hun. Gallai Martha glywed sŵn crafu ei ysgyfaint e hyd heddiw. Heno, doedd dim ots 'da hi am y giât a chododd ei choes yn ffwdanus drosti gan ofalu peidio â dal ei theits. Glaniodd yr ochr draw gyda sgrwnsh. Edrychodd ar yr eglwys. Roedd gwasanaethau'r Dolig yn gorffen am bedwar, felly fe fyddai hi'n saff nad oedd neb ar gyfyl y lle.

Dilynodd y clawdd yn dynn fel cadno nes cyrraedd wal yr eglwys. Edrychodd drosti er mwyn sicrhau nad oedd neb yno. Tynnodd ei hun dros y claw' drwy gydio ym monyn draenen gref. Daeth llais Mami yn ôl ati fel pe bai hi yno:

> *Pan weli di ddraenen wen*
> *â gwallt ei phen yn gwynnu,*
> *ei gwraidd sydd yn cynhesu.*
> *Cei hau dy had bryd hynny.*

Cydiodd y drain yn ei theits wrth iddi wthio heibio gan rwygo'r neilon a thynnu gwaed. Roedd y borfa'n fyr yn y fynwent a'r ddaear yn galed fel harn. Roedd hi bron â bod yn sefyll ar feddau'r teulu'n barod. Edrychodd arnyn nhw'n un rhes filwrol deidi a'r marmor du wedi'i naddu ag aur. Byddai Mami wedi bod yn browd o ba mor deidi roedd y cyfan yn edrych. Rhoddodd law ar garreg Mami a Dat. Roedd y marmor mor oer a llyfn â thalcen Sianco'r noson honno yn y gwely. Sefodd am sbel i edrych i lawr ar Graig-ddu. Roedd mwg y tân wedi cario dipyn ar yr awel erbyn hyn fel staen brwnt yn symud uwchben y tŷ. Roedd golau stafell Sianco'n dal ynghynn. Dychmygodd Martha e'n eistedd ar ei wely â'r cap papur Nadolig yn dal am ei ben yn gwrando ar chwerthin Jac a Judy yn dod o'r parlwr. Edrychodd y tu ôl iddi ar y rhesi cerrig yn y fynwent. Roedd y cwbwl yn edrych fel carden Nadolig a'r coed yw yn wylo'n dawel bach o gwmpas y rhodfa a ymlwybrai o ddrws yr Eglwys tuag at y giât fach.

Tynnodd y rhith mas o'r cwdyn a'i gosod ar garreg Mami a Dat. Doedd byth blodau ond ei rhai hi ar y bedde – doedd dim teulu ond nhw'll tri ar ôl bellach. Edrychodd ar y cylch o fwswm a'r ruban yn gwrlyn coch o'i gwmpas. Roedd celyn arno 'fyd. Byddai Martha'n gorffod prynu celyn bob blwyddyn am fod y coed celyn yn yr ardd yn ddiffrwyth. Roedd Martha'n tybio mai dwy chwaer neu ddau frawd oedden nhw. Doedd dim gobaith cael epil coch wedyn. Llygadodd y rhith Martha o'r garreg ddu. Aeth Martha'n goch. Rhoddodd gusan ar ei llaw a'i gwasgu ar y garreg cyn troi a dringo'n ôl i mewn i'r cae. Dilynodd Martha'r cloddie, ond yn yr ail gae troiodd i'r chwith ar draws y lôn ac aeth i mewn i Ga' Marged. Cerddodd yn gyflym â'i hanadl yn creu siapiau yn yr awyr. Edrychai'n bryderus o gwmpas er na fyddai neb byth yn ei dilyn. Roedd ei dwylo'n oeri. Aeth at glawdd ucha Ca' Marged a sefyll o dan freichiau noeth y dderwen fawr oedd yn ymestyn i'r awyr. Sefodd yno am eiliad. Cydiodd yn y ffens a dal i edrych o gwmpas. Agorodd y cwdyn plastig a thynnu rhith arall mas ohono. Eisteddodd yn ara bach ym môn y clawdd a thynnu'i choesau tuag at ei brest fel croten fach. Roedd ei llygaid yn dywyll a gwlyb yng ngolau'r lleuad a'i gwallt yn sgleinio'n ole. Ochr arall i'r cae, roedd y babell. Roedd y gwynt wedi tynnu ei chornel hi i lawr ac roedd ei cheg ar agor.

Dechreuodd Martha lefen. Llefen a llefen fel petai'n ddiwedd y byd. Llefodd nes bod ei llygaid yn goch a'i hwyneb yn wlyb sopen. Llefodd nes clywed curiad ei gwaed yn ei phen a'i thrwyn yn llenwi. Doedd ei llefen hi ddim yn bert o gwbwl. Llefai â'i sŵn, fel sŵn cadno'n udo, heb reolaeth. Cydiodd yng nghylch gwamal y rhith flode fel petai honno'n achubiaeth iddi. 'Pan weli ddraenen wen a gwallt ei phen yn gwynnu'. Yna, dechreuodd ei hanadlu arafu. Sychodd ei gwyneb â hances boced a chydiodd yn y ffens er mwyn codi'n ara. Gwthiodd y rhith i mewn i ganol y drysni yn y clawdd. Doedd dim ruban ar hon, dim byd fyddai'n gadael ei hôl wedi iddi bydru. Roedd hi'n edrych fel nyth fach yn y trash.

Fel nyth fach ar gyfer y Gwanwyn. 'Cei hau dy had bryd hynny'. Doedd dim daioni yn dod o unrhyw beth a fyddai wedi cael ei hau cyn hynny gan nad oedd y ddaear yn ddigon cynnes a heb fod yn barod. Lapiodd Martha'r cwdyn plastig a'i wthio i mewn i'w phoced cyn cerdded yn ara am adre.

Y tu ôl i'r clawdd isa, cododd Sianco ar ei draed. Roedd wedi bod mewn penbleth. Mynd ati i gysuro'i chwaer, neu beidio. Pe byddai'n gwneud fe fyddai hi'n gwbod ei fod wedi sleifio mas o'r tŷ. Byddai Sianco'n mynd trwy'r un ddeilema bob blwyddyn pan ddilynai e Martha lan i'r eglwys a'i gwylio o bell. Wedyn fe fyddai'n cuddio tu ôl i'r clawdd yn gwrando ar yr udo, a'i stumog mewn cwlwm. Bob blwyddyn, fyddai e byth yn mentro mynd ati, a bob blwyddyn byddai'n rhedeg adre cyn iddi hi gyrraedd. Rhedodd yn dawel bach yn ôl am y tŷ â'i gap gwlân yn dynn dros y goron bapur goch.

Pennod 11

ROEDD HI'N ANODD cael y papur i gynnu. Taflodd Martha ragor o ddisel coch o'r botel Lucozade yn ei llaw ar y tân. Roedd y borfa o dan y tân yn wlyb a'r fflame felly'n araf yn cydio. Llenwodd yr awyr â mwg du gan gydio yng nghefn ei gwddwg.

"Dere mlan, Sianco bach. Dere â phopeth mas i ni ga'l gwared â pheth o'r cawdel 'ma."

Roedd pen Sianco wedi'i guddio o dan llwyth o focsys cardbord.

"Ych, yndos hen rybish yn casglu yn y tŷ ar ôl Dolig," sibrydodd Martha.

Dechreuodd fflamau'r tân neidio'n uwch wrth i Sianco ychwanegu mwy o bapurach o'r tŷ. Sefodd y ddau'n gwylio'r tân. Roedd ochre'r papure'n cwrlo'n ara a'r dalennau'n dduon fel adenydd brân. Sefai darnau o fflwcs du yn yr awyr fel petai hi'n bwrw eira du. Rhwbiodd Sianco'r rhai a ddisgynnai ar ei wyneb gan bardduo'i fochau. Daeth Jac o rywle.

"Be chi'n neud?"

Aeth Sianco'n ôl i'r tŷ i nôl llwyth arall.

"Glanhau tamed bach 'ma. Ma ise ca'l gwared ar rhein yn druenus. Shwt alla i neud y dwt da'r holl rybish 'ma ambwti'r lle?"

"Wel, fe fwrith hi yn y man a bydd hi'n lleitho. Wedyn bydd blydi rhacs a rybish 'da ni ar waelod yr ardd am hydodd."

Plygodd Jac a chynnu ffag oddi ar y fflame. Sefodd

yno am sbel gan edrych i ddyfnderoedd y tân. Roedd ei anfodlonrwydd i godi yn ymwneud yn rhannol â'r ffaith bod y gwres yn braf ar ei wyneb ac yn rhannol oherwydd bod ei gefen e'n gwynio.

"Be sda chi fan hyn eniwe?"

"Rhyw hen bethe."

"Dim byd pwysig, gobeitho."

"Wel, sdim hen ewyllys i ga'l 'na, Jac, os mai 'na be sy'n eich poeni chi."

Edrychodd Jac arni'n syn.

"A sôn am rybish, odi *hi'n* dod draw heno 'to te?" holodd Martha.

"O, byddwch ddistaw newch chi? Ma rhyw rem, rem 'da chi ambwti honna o hyd."

"Dim ond gofyn."

Cododd Jac yn araf gan dynnu ar ei sigarét.

"Wel, pe baech chi'n holi fwy am Gwynfor nag am Judy, byddech chi'n neud peth callach."

"Beth chi'n feddwl?"

"Wedi clywed bod e'n cadw cwmni newydd 'na i gyd. Rhywun lot ifancach 'fyd."

Edrychodd Martha ar y tân. Roedd hi'n falch bod gwres y fflame wedi gwneud ei bochau hi'n goch yn barod. Astudiodd Jac ei gwyneb.

"Chi'n mynd i golli'ch cyfle fyn'na, Martha. Ma'n siŵr bod digon o fenywod ar 'i ôl e. Dwi'n gweud 'tho chi. Ma pen draw i amynedd pawb."

Roedd wyneb Jac fel amlen yn agor. Gwyliodd Martha'r fflame ar ei wyneb yn ole coch.

"Sdim byd i ga'l 'ma, Martha. Ma pethe wedi bennu. 'Yn ni i gyd wedi bennu."

"Peidwch siarad fel'na, Jac. 'Ych chi ddim yn gwbod

y cwbwl, ch'ymod," sibrydodd Martha gan gydio mewn brigyn i wthio papurau'n ôl i mewn i ganol y tân.

"Beth sy i wbod? Dim ond un peth. Sdim rhaid i chi aros ma rhagor. Gallwch chi fynd."

"Er mwyn i chi ga'l y cwbwl, ife, Jac? Ar ôl yr holl flynydde 'ma o weitho a stablan yn y pwdel, 'na beth dwi'n ga'l, ife? Gwdbei!"

Roedd gwynebau'r ddau o fewn modfeddi i'w gilydd. Doedd dim stop ar Martha.

"I chi ga'l y cwbwl a symud y rhacs 'na i mewn, iddyn nhw ga'l gwario arian Mami a Dat, ife? Ma pob un sy'n gorwedd yn y fynwent 'na wedi ymladd, wedi plygu'i gefen fel cryman i ni ga'l beth sydd da ni heddi, a na beth chi'n mynd i neud â fe, ife?"

Roedd dwylo Martha'n crynu wrth ddal y brigyn a Jac wedi gadael i'w ffag gwmpo i'r llawr.

"Martha, gwrandwch newch chi? 'Se Mami wedi gadel y cwbwl i fi, fel dyle hi 'di neud, fydde chi'n rhydd i fynd eniwe."

"Ond dim 'na beth nath hi, ife? A beth am Sianco? Dych chi byth yn meddwl amdano fe ydych chi?"

"Martha, ma fe'n rong achan," gwaeddodd Jac gan fwrw ochr ei ben â'i fys. Edrychodd Martha arno a thawelodd Jac gan edrych yn ôl i mewn i'r fflame.

"Chi'n gwbod fel ma Sianco, a dwi 'di bod yn ei gario fe ers blynydde." Gwrandawodd y ddau ar y papur yn llosgi.

"Nath yr hen bitsh 'yn bennu ni i gyd."

"Paid byth â…"

"Clymodd hi'n penne ni i gyd yn sownd wrth y lle ma, Martha. O'dd hi'n gwbod yn iawn beth o'dd hi'n neud! Bydde Dat wedi troi yn ei fedd."

"Peth od boch chi'n cofio'u bod nhw wedi marw! Chi byth yn siarad amdanyn nhw!"

"I beth? Beth chi ise fi weud? Beth chi ise fi neud? Mynd i weld 'u bedde nhw? Esgus mod i'n galaru ar ôl y diawled?"

Doedd Martha ddim yn gwrando.

"O'dd Mami'n gwbod beth o'dd hi'n neud…" rhesymodd Martha, "o'dd hi'n gwbod wedyn mai'r un mwya cîn fydde'n ca'l y cwbwl."

"Yr un twpa chi'n feddwl. Yr un sy'n ddigon twp i weitho fel ci ac aros 'ma hyd y diwedd."

"Wel, pam nad ewch chi te, Jac?"

"A pham nad ewch chi de, Martha?"

Edrychodd y ddau ar ei gilydd â'r mwg yn eu hamgylchynu. Roedd dwylo Jac yn crynu a'i galon yn curo'n boenus yn ei frest. Câi hi'n anodd tynnu anadl. Roedd y mwg yn llosgi'i ysgyfaint a daeth yr hen boen yn ôl i'w galon.

"Ma 'da chi gyfle, Martha. Cerwch o ma. Ma hi'n rhy hwyr i fi. Alla i ddim ca'l beth allwch chi ga'l."

"A beth yw hwnnw, Jac?"

Hyrddiodd y gwynt y fflamau gan gochi'r tân. Roedd rheini'n uchel erbyn hyn a darnau porpoeth gloyw o bapur yn hedfan i'r coed o gwmpas yr ardd. Roedd y brigau'n denau fel gwythiennau mewn brych. Sylwodd Martha fod Jac yn gorfod ymdrechu cael ei wynt.

"Dwi'n gwbod bod rhywbeth yn dala chi 'ma, Martha, dwi'n gwbod 'nny."

Edrychodd Martha i'w lygaid. Doedd Martha ddim yn siŵr ond roedd ei wyneb yn feddalach a'i lygaid yn ddyfnach. Edrychodd arno am amser hir. Efallai mai golau'r tân oedd yn effeithio ar ei wyneb, efallai bod y mwg yn creu golau meddal.

"Sa i'n gwbod beth chi'n siarad ambwti Jac," meddai Martha gan ganolbwyntio'i sylw ar y brigyn yn ei llaw.

"Rwyt *ti yn* gwbod."

Teimlodd Martha holl fygythiad y *'ti'* ym mêr ei hesgyrn. Stopiodd symud ac arhosodd fel petai hi wedi ei rhewi yng ngwres y fflame. Roedd ei llygaid yn gwibio'n ôl ac ymlaen rhwng y tân a llygaid Jac.

"Chewch *chi* mo 'ngwared i mor hawdd â 'na, Jac."

Pwysleisiodd Martha'r *'chi'*. Aeth y gwres yn ormod i Jac ac edrychodd ar Martha'n wyllt. "Na fe, chi wedi ca'l y'ch cyfle, neithoch chi ddim 'i gymryd e. Peidwch â disgwl i bethe fod yn hawdd ambwti'r lle 'ma o nawr mlan."

Poerodd Jac i mewn i'r tân a diflannodd y tynerwch o'i wyneb. Caledodd ei lygaid unwaith eto. Taflodd Martha'r brigyn i galon y fflamau. Herciodd Jac i ffwrdd. Sylwodd Martha fod Sianco wedi bod yn gwylio o du ôl y llwyn rhododendron a'r eira du yn cwmpo o'i gwmpas. Roedd llwyth o focsys wedi'u gwasgaru wrth ei draed a'r dagre wedi creu llwybrau clir drwy'r parddu ar ei wyneb. Edrychodd Martha arno a gwrando ar dap tapian y brigyn yn llosgi'n ara bach. Dechreuodd fwrw.

Pennod 12

"**M**... M̨ᴀʀᴛʜᴀ!... M... Martha!"
Rhedodd Sianco rownd y gornel mor gyflym
nes bu'n rhaid iddo gydio yng nghornel y sied er mwyn
safio'i hun rhag sleidro yn 'i hyd. Daeth Bob ar ei ôl a'i
bawennau gwyn yn fwd i gyd. Roedd Martha yn y sied
fowr yn paratoi pens ar gyfer wyna.

"Dewch!"

Roedd y wên ar ei wyneb yn dweud y cyfan heb iddo
orfod yngan gair. Clymodd Martha'r glwyd ola wrth yr un
nesa a cherddodd mas o'r sied. Dilynodd chwech trwyn du
o dan ddrysau'r cytiau cŵn ei thraed wrth iddi gerdded ar
draws y clôs. Cyrhaeddodd hi waelod yr ardd. Cerddodd
y ddau trwy ludw tân ddoe, ac yno yn y clawdd roedd
cleddyfau bach gwyrdd gole'r lili wen fach yn sleisio drwy'r
pridd. Roedd Sianco'n gwenu ac yn pwyntio ar yr un pryd.
Roedden nhw'n glwstwr bach go lew hefyd, a gwyddai
Martha y byddai Sianco'n dod lawr bob dydd i'w gweld tan
eu bod wedi blodeuo. Byddai'n gwylio sane'r gog ym mis ·
Mai hefyd a phan fyddai pen bach gwyn yng nghanol y rhai
glas fe fydde'n mynd yn ddwlach byth. Plygodd Martha i
lawr a thynnu'r hen borfa oddi arnyn nhw a'i roi i Sianco
i'w daflu. Roedd y borfa'n hen, yn felyn ac yn fras.

"G... g... gwallt Judy!" meddai Sianco a'i roi ar ei ben
gan edrych ar Martha. Sylweddolodd honno mai dyna'r tro
cynta iddo ynganu ei henw. Dechreuodd hi chwerthin.

"Be sy mor ddoniol?" Rhoddodd y llais sioc i'r ddau
ohonyn nhw. Cododd Martha a sychu'i dwylo yn ei brat.

"Gwynfor! Chlywon ni mohonoch chi'n dod."

"Sori."

"Na, ma'n iawn." Edrychodd Gwynfor arni. "Gymrwch chi de?"

"Na, dim diolch, yma i siarad ydw i."

Edrychodd Sianco arno'n hir am ei fod wedi torri ar draws ei chwerthin e a'i chwaer.

Roedd Gwynfor yn gwisgo siwt las dywyll newydd, ond roedd ôl dwy bawen fawr ar ei luniau lle'r oedd Roy wedi ei gyfarch. Roedd ôl crib wedi aredig trwy ei wallt. Cil-wenodd Gwynfor ar Sianco. Cilwenodd hwnnw'n ôl. Gwenodd Gwynfor yn llydanach a chodi'i aeliau ar Sianco. Gwenodd hwnnw'n ôl fel giât a chodi'i aeliau yntau. Symudodd Gwynfor ei bwysau o goes i goes. Penderfynodd Martha ei helpu o'r diwedd.

"Sianco, cer i gynnu tân 'nei di? Ma'r price coed tân yng ngwaelod y stof wedi'u cynhesu'n barod."

Doedd Martha byth yn gadael i Sianco gynnu'r tân fel arfer, felly roedd hi'n disgwyl y byddai'n dwlu cael y cyfle, ond heddiw, doedd hyd yn oed yr abwyd hwnnw ddim yn ddigon.

"Sianco, cer i gynnu'r tân!"

"N... n... n... Na!" Ymestynnodd Sianco ei hun i'w lawn daldra. Roedd Sianco dros chwe throedfedd ond mor fain â brwynen. Edrychodd Martha arno mewn syndod. Chwarddodd Gwynfor yn dawel.

"Be... be... be... be... be... be..." Roedd Sianco'n swnio fel dafad.

"Sianco, cer i gynnu'r tân nawr!" Safodd Martha o'i flaen.

"Sianco, bydde fe'n lot o help i Martha se ti'n mynd i

gynnu'r tân, ac os gnei di, fe ddo i â mwy o swîts i ti o'r dre wythnos nesa."

Meddalodd styfnigrwydd Sianco'n weladwy. Aeth y pwff mas o'i frest a suddodd ei ysgwyddau. Edrychodd mewn penbleth yn ôl ac ymlaen rhwng Martha a Gwynfor cyn i Martha nodio am y tŷ â'i phen. Yna, rhedodd nerth ei draed i wneud ei waith.

"Chi ise mynd i'r parlwr?" gofynnodd Martha. "Ma hi'n wlyb fan hyn." Sylwodd Martha fod ei esgidiau'n frwnt ar ôl bod ar y pridd gwlyb.

"Martha, chi'n gwbod pam fi 'ma."

"O's rhaid i ni drafod y peth fan hyn?"

"O's, a na ddiwedd arni."

Roedd penderfyniad newydd yn llygaid Gwynfor. Teimlodd Martha'r gwaed yn rhedeg i'w phen.

"Ma lle i chi yn Troed-rhiw. Fe briodwn ni ac fe fyddwn ni'n gwmni i'n gilydd. Chi'n gwbod mod i'n meddwl y byd ohonoch chi." Oedodd am eiliad ac edrych arni. "A pheth arall, dwi wedi prynu piano i chi. Ma fe yn y parlwr yn Troed-rhiw. Fe gath e 'i ddilifro ddo ac ma fe'n un pert 'fyd – y gore yn y siop – ac ma llyfre 'da fe a chwbwl i chi ga'l dysgu."

Teimlodd Martha'r wasgfa fwya rhyfeddol yn ei pherfedd fel petai holl gleddyfau'r lili wen fach yn hacio trwy'i bol.

"Dwi'n gwbod bod y lle ma'n bwysig i chi. Ar ôl ugen mlynedd dwi'n gwbod 'nny, Martha, credwch chi fi. Dwi wedi bod yn meddwl, a dwi'n fodlon i Sianco gael dod 'fyd, hyd yn oed ar ôl perfformans heddi. Fe geith e 'i stafell 'i hunan ac fe geith e'n helpu i ar y clôs. Ma fe'n foi bach handi i hôl pethe a galle fe fod yn help mowr i fi. Bydde fe'n neud ffafr â fi, a gweud y gwir."

Roedd golwg flinedig ar Gwynfor a'i ddwylo'n crogi'r cap stabal.

"Nawr te, be chi'n weud? Ie neu na?"

Edrychodd Martha i bob cyfeiriad. Roedd ei meddyliau'n rhedeg i bobman fel dŵr. Sylwodd Martha fod Jac yn sefyll ar y clôs yn smocio. Roedd e'n pwyso yn erbyn car Gwynfor ac yn eu gwylio. Cododd ei ben am eiliad ac edrych i gyfeiriad Martha. Roedd rhywbeth yn y ffordd roedd e'n sefyll. Aeth ias drwy Martha.

"Oes 'da Jac rywbeth i neud â hyn?"

"Beth?"

"Odi Jac wedi bod yn siarad â chi?"

"Beth chi'n feddwl, wedi bod yn siarad â fi?"

"Drychwch, dwi ddim yn dwp. Ma hwnna ise ca'l gwared arna i o ma. Ma fe bwti bwrw'i fogel ise fi mas o 'ma. Dyw hi ddim yn gyfrinach ein bod ni fel ci a hwch y diwrnode ma. Ma fe'n gwestiwn digon teg. Odi e wedi bod yn siarad â chi neu beidio? Wedi cynnig rhywbeth i chi, falle?"

Roedd llais Martha'n crynu ac roedd ganddi ormod o ofan stopio siarad rhag ofan iddi lefen yn y fan a'r lle.

Edrychodd Gwynfor arni â'i lygaid wedi'u dolurio i'w craidd. Teimlodd Martha rywbeth yn torri. Roedd e wedi rhoi'i gap yn ôl am ei ben.

"Ma hi'n amlwg nad 'ych chi yn 'y nabod i o gwbwl. Alla i ddim â madde i chi am awgrymu'r fath beth."

Troiodd Gwynfor ar ei sawdl a gwyliodd Martha fe'n mynd. Gwelodd Jac yn mynd ato gan geisio cael gwbod beth ddigwyddodd. Gwthiodd Gwynfor heibio iddo, aeth i mewn i'w gar a gadael.

"Ffycin hel!" Siglodd Jac ei ben cyn cydio mewn ffon fugel a mynd am gytie'r cŵn. Ymlwybrodd Martha tuag at y tŷ er mwyn dechrau meddwl am swper. Roedd ei phen hi'n isel a sylwodd ar ôl traed Gwynfor yn y pwdel. Edrychodd arnyn nhw. Hôl traed perffaith. Roedd hyd yn oed rhif y maint a phatrwm y gwaelodion yn blaen i'w gweld. Estynnodd hen badell o wal yr ardd a'i gosod dros y marciau. Roedd ei pherfedd fel petai wedi'i rwbio â halen a'r dagre wedi sychu. Aeth i mewn i'r tŷ a gweld Sianco'n dal i chwilio am y price coed tân yng ngwaelod y stof.

Pennod 13

Daeth Wil Tyddyn Gwyn â'r arad draw ben bore. Gwyliodd Martha, Jac ac ynte'n siarad ar y clôs drwy'r ffenest. Roedd y ddau ar goll mewn cwmwl o fwg baco. Dyn byr oedd Wil ac oedran wedi ei blygu bron yn ddau fel llyfr. Roedd cap stabal am ei ben, a hwnnw ar dro, a phan fyddai eisiau codi sbid a symud yn gyflymach byddai'n ei droi fel bod y pig yn wynebu am yn ôl, cyn parhau ar yr un cyflymdra'n union. Byddai wastad yn gwisgo gwasgod, crys a thei er ei fod yn byw ar ei ben ei hunan a byth yn gweld neb o wythnos i wythnos. Roedd sgidie lliw mwstard am ei draed. Byddai Mami wastad yn gweud bod unrhyw ddyn a wisgai sgidie ar fferm yn lle welingtons yn dangos bach o stranc. Roedd Martha'n cofio Wil yn yr ysgol gynradd. Bydde fe'n dod draw ar ôl yr ysgol a'r pedwar ohonyn nhw'n mynd i chwarae yn yr ydlan neu lawr i'r coed. Martha oedd wastad yn cael ei gadael ar waelod coeden i gydio yn llaw Sianco, tra bod y lleill yn dringo ymhell uwch ei phen. Ar ôl i Wil adael yr ysgol ac aros adre i weithio gyda'i fam, fyddai Martha byth yn ei weld.

Menyw gref mewn cardigan las wlanog a brat blode oedd ei fam, a thun o mints uwchben y pentan yn barod ar gyfer unrhyw blant a alwai heibio. Cofiai Martha iddi gael un o'r rheini unwaith. Roedd y switsen yn feddal, feddal gan oedran. Roedd Jac wastad yn dweud bod y mintys yn henach nag e! Roedd hi'n cadw hwyaden anwes hefyd, cwch o bluf du yn ffit-ffatian ar hyd y leino ac yn cachu ymhobman.

Gwelodd Martha, Jac yn estyn pecynnau o faco mas o'i boced a'u gwthio tuag at Wil. Cymrodd hwnnw'r offrwm a'u rhoi ym mherfeddion ei boced gan nodio'i ben. Dyna oedd y tâl blynyddol am fenthyg yr arad. Doedd dim digon o waith yn Graig-ddu i warantu prynu un. Ond dim dyna ddiwedd y pwyth. Lapiodd Martha'r cacene mewn clwtyn a'u rhoi mewn bocs cardbord. Cerddodd tuag at y dynion. Nodiodd Wil arni heb ddweud gair. Agorodd Martha ddrws ei dractor a gosod y bocs ynddo wrth ochor y sedd. Clepiodd y drws wrth ei gau. Nodiodd Wil unwaith eto a gwylio Martha'n mynd yn ôl i'r tŷ. Torrodd Jac ar draws ei fyfyrdod.

"Pan gyfrest ti dy ddefed pyddwrnod, welest ti mo'r tri oen swci na ddihangodd o'r ca' bach llynedd?"

Siglodd Wil ei ben. "Nawr te," meddai'n bwyllog, "gadewch i fi feddwl."

Roedd siarad â Wil fel pilo winwnsyn. Roedd rhaid mynd o dan sawl haenen o groen cyn cyrraedd ei ganol.

"Dwi'n gwbod mai am draw aethon nhw," wedodd Jac gan roi cyfle arall iddo gyfadde.

"Falle bod nhw wir," medde Wil gan siglo'n ôl ac ymlaen ar ei sodlau.

"Rhai cryfion. Rodd gra'n da arnyn nhw. Rodd Sianco wedi bod yn eu bwydo nhw am fisodd. Ma lla'th yn costu os nad yw e'n mynd mewn i'r tanc."

Teimlai Wil lawnder braf ei boced, lle'r oedd wedi stwffio'i Golden Virginia. Meddyliodd am y cacennau ffrwythe a oedd yn y tractor. Falle bydde tarten i ga'l na, neu sgons ne bice pregethwr. Ers i'w fam farw byddai'n gorfod bwyta sothach o gacs y siope.

"Ffeili deall 'dw i," ychwanegodd Jac, "ffeili deall lle aethon nhw heblaw draw atat ti."

Tynnodd Wil unwaith eto ar ei sigarét. Chwythodd y mwg yn ara bach mas drwy'i drwyn. Taflodd y bonyn i'r llawr a'i wasgu'n bwyllog â'i droed dde.

"Chi'n gwbod be ma nhw'n weud, Jac." Oedodd Wil yn ei ffordd arbennig a chlosio at glust Jac. *"Good fences make good neighbours."*

Fflachiodd tymer Jac ond gwyddai y byddai angen benthyg beler Wil arno yn yr haf, felly pwyll oedd pia hi.

Troiodd Wil am y tractor a dringo'r stepiau serth i fyny i'r cab. Gan fod tractors wedi mynd mor fowr a Wil wedi mynd mor fach, roedd wedi weldio stepen ychwanegol o dan yr un iawn i'w gwneud yn haws dringo i mewn iddo. Roedd Wil yn un am wneud popeth yn haws iddo fe ei hunan. Taniwyd y tractor a gollyngwyd yr arad i lawr ar y clôs. Datgysylltodd Jac y tractor oddi wrth yr arad. Gyrrodd Wil i ffwrdd heb edrych yn ôl.

Byddai'n rhaid i Martha fynd â thocyn i'r ca' i Jac heddi felly fe aeth ati i agor tun o salmon a'i bwtso â finegr i'w ystwytho. Roedd cacs ar ôl ers llanw bocs Wil, y rhai oedd wedi bod yng nghefn y stof ac wedi cael bach gormod o dân. Byddai'n gas cynnig rheini i unrhyw un dierth. Lapiodd nhw i mewn gyda'r brechdane a'u rhoi ar y ford. Roedd Jac wedi bod lan yn Ca' Marged cyn i Wil gyrraedd er mwyn tynnu'r babell i lawr a'i hailosod reit yng nghornel y cae mas o ffordd yr arad. Roedd Sianco wedi bod yn gwylio'r broses â'i lygaid yn serennu. Yn ddiweddar, byddai'n mynd i edrych ar y babell bob hyn a hyn ac roedd Martha wedi gorffod ei rybuddio rhag ofan i Jac ei weld yno. Clywodd Martha'r tractor yn tanio a Jac yn ei yrru i geg Ca' Marged. Allai hi byth aros yn y tŷ tra oedd e'n aredig. Gwisgodd ei chot fowr ac aeth mas. Dilynodd y tractor yr holl ffordd lan y lôn a gwylio Jac yn bownsio i fyny ac i lawr ar y sedd. Roedd yn fore oer, ond ddim mor oer ag roedd hi wedi bod yn ddiweddar. Byddai Jac wastad yn aredig yr adeg hyn o'r flwyddyn er mwyn cael hau i'r llwch nes mlan. Roedd golau haul y bore'n wyn ac yn dene ac roedd yn dawnsio'n beryglus ar hyd cleddyfau'r arad. Meddyliodd Martha am Judy.

Roedd y swch yn torri trwy'r ddaear fel menyn gan godi pridd coch i'r wyneb. Safodd Martha'n gwylio Jac yn gollwng yr arad i lawr wrth y giât ac yna, fe ddechreuodd droi. Roedd stumog Martha'n troi gyda phob clytsen. Doedd dim llawer o gerrig mawr yn y ca' ma gan eu bod nhw wedi eu hen godi a'u taflu i'r cloddie. Byddai Martha'n synnu pa mor gyflym roedd y cyfan yn cael ei droi. Edrychodd Martha i fyny i'r awyr er mwyn gweld y gwylanod yn dechrau cyrraedd. Rhyfeddai sut y bydden nhw'n gwybod pwy oedd yn aredig â hwythau'n byw mor bell mas ar y môr. Ma'n siŵr bod na dipyn o 'redig yn yr ardal a'u bod nhw ambwti'r lle. Rhyw dair oedd yno i ddechrau, wedyn chwech nes bod yr awyr yn byrlymu fel ewyn dros y tonnau brown. Bydden nhw'n glanio ac yn tynnu'r mwydod o'u cuddfan, eu pigau fel nodwyddau. Roedden nhw'n edrych yn rhy lân i ymdrochi yn y pridd. Weithiau, fe fyddai hi'n mynd yn gwmpo mas gwyllt pan fyddai dwy neu dair yn ffansïo'r un saig. Byddai un yn ceisio'i ddwyn o big y llall, a honno'n dod yn ôl yn ffyrnig a'i gipio'n ôl, a'u sgrechen yn atseinio dros y fro. Gwenodd Martha oherwydd bod cymaint o gweryla dros wobr mor fach. Edrychodd Martha ar Jac â'i ben yn edrych am yn ôl er mwyn gwylio'r aradr.

Teimlodd Martha'n wan yn sydyn fel petai salwch y môr arni. Aeth i bwyso ar y giât. Edrychodd i fyny i gyfeiriad y clawdd o dan y dderwen fawr, clawdd nad oedd eto wedi egino ar gyfer y gwanwyn. Roedd y tractor yn agosáu ati o gŵys i gŵys, a phenysgafnder Martha'n cynyddu gyda phob troedfedd. Er y gwyddai na fyddai'r aradr byth yn cyffwrdd â'r clawdd, eto i gyd byddai ei brest yn tynhau beth bynnag. Gwyddai fod cant a mil o bethau eraill y dylai hi fod yn eu gwneud, ond allai hi ddim ystyried gadael y cae. Roedd Jac wedi pilo croen y cae mewn stribyn hir erbyn hyn a'r cochni oddi tano'n ffyrnig. Roedd yn rhaid gwneud hyn. Pilo'r croen a gadael y cyfan i waedu'n gignoeth er mwyn ei ddihuno. Wedyn byddai'n ei lyfnu a rhedeg yr oged drosto i'w baratoi. Roedd y cyfan fel gwneud cacen a gweud y gwir. Cymysgu'r cynhwysion, rowlio'r toes a'i baratoi cyn ei ffrwythlonni mewn cwmwl o galch fel fflŵr.

Roedd sŵn y gwylanod yn llenwi'r awyr gan ddenu rhagor ohonyn nhw i fwydo ar y cnawd fyddai'n cael eu datguddio gyda phob cwys. Cydiodd Martha yn ei phen. Roedd rhywbeth mor annaturiol mewn gweld gwylanod mor bell o'u cynefin. Ymhen rhyw awr, sylwodd Martha fod Jac wedi arafu ac wedi diffodd yr injan. Roedd e'n cerdded y cwysi gan hacio ambell geuled o bridd oedd yn mynnu glynu wrth ei gilydd. Roedd sŵn haearn y rhaw yn sleisio'r gwreiddiau yn mynd trwy Martha. Troiodd am y tŷ i ferwi'r tegyl er mwyn gwneud fflasg o de i Jac.

Safai Jac yn gwylio Martha'n cerdded fel pe na bai hi'n cyffwrdd â'r llawr. O bell, roedd hi'n edrych fel yr arferai edrych yn bymtheg oed. Y cefen syth a'r gwallt tywyll. Roedd amser wedi chwistrellu tamaid o wyn ar ei gwallt a chochni ar ei bochau, ond roedd hi'n gwrthsefyll amser bron yn annaturiol. Fyddai cinio ddim yn hir. Hanner awr arall ar ôl cinio a byddai wedi gorffen. Mwynhaodd Jac arogl y pridd a hysiodd ambell wylan mas o'r ffordd. Byddai'n mynd at Judy heno yn y tŷ cownsil. Roedd y bechgyn swrth na oedd da hi wedi mynd at eu tad. Roedd y tŷ mor wahanol i'w gartre yn Graig-ddu, yn fodern ac yn ole. Roedd e bron yn galler esgus bod yn rhywun arall tra oedd e yno. Cododd ei ben i wylio cefen Martha'n diflannu'n llai ac yn llai wrth iddi nesau at y tŷ cyn iddo edrych ar y dderwen fawr yn y clawdd ucha. Edrychodd yn ôl unwaith eto a gweld cefn Martha yn y pellter fel deryn bach a thynnodd anadl hir.

Pennod 14

*T*AP, *TAP, TAP. Ta, ta, ta, tap.*
Dihunodd Martha. Edrychodd ar y cloc. Hanner awr wedi pedwar y bore.

Tap, tap, tap, tap.

Roedd rhywun yn trio dod i mewn i'r tŷ. Swn rhedeg ar y landin. Agorodd drws yr ystafell. Sianco'n sefyll yno, yn ei ddillad isa.

"Ma… ma… ma s… s… s… swn rhywun yn y ffenest." Roedd Sianco'n symud o un droed i'r llall.

Cododd Martha ar ei heistedd.

Tap. Tap. Tap. Bang. Bang. Bang!

Gwnaeth Martha stumie ar Sianco i neidio i mewn i'r gwely. Roedd ei groen mor wyn â gwêr. Cododd hithau a gwisgo cardigan dros ei gŵn-nos. Roedd Jac gyda'r fenyw heno a falle ei fod e ise dod nôl yn gynnar. Ond doedd dim ise i hwnnw gnocio. Doedd drws y bac byth ar glo.

Tap, tap, bang! Bang!

Doedd neb yn gweiddi chwaith. Meddyliodd Martha am Gwynfor 'fyd. Ond na, dim am hanner awr wedi pedwar. Aeth at y drws. Agorodd hwnnw'n ara bach. Roedd Sianco'n crynu ar y gwely wedi tynnu'r blancedi yn dynn o dan ei ên.

"F… f… falle mai'r L… L… L… adi wen sy na," meddai â'i lygaid fel soseri.

Roedd y swn fel petai'n dod o lawr llawr. Roedd y landin yn dawel. Oedodd Martha a gwrando, yna aeth i stafell Jac a Sianco'n dawel bach a phlygodd o dan y gwely i gydio yn y dryll fyddai'n cael ei gadw yno. Tseciodd ei fod yn llawn o getrys cyn ei gario'n ôl at dop y stâr.

Tap, Tap, tatatatatatata tap!

Roedd ambell i ergyd yn galetach na'r lleill. Roedd y sŵn fel petai'n symud nawr o stafell i stafell. Dechreuodd Martha gerdded lawr y stâr, un llaw ar y dryll a'r llall ar asgwrn cefn y banister. Roedd y barriau'n creu llinellau fel asennau ar ŵn-nos Martha. Roedd golau'r lleuad yn gwneud i bopeth edrych mor ddierth. Cyrhaeddodd waelod y stâr cyn mynd at ddrws y cefn a'i agor yn ara bach gan gadw un llaw'n dynn am y dryll. Doedd neb yno ac roedd y clôs yn dawel, dawel. Caeodd y drws yn ara bach a throi am y lleithdy. Roedd ei thraed noeth yn oer ar y llechi. Sibrydodd rhywbeth ar bwys y drws. Troiodd Martha yn ei hunfan. Llygoden yn bwyta yn un o'r cydie cêc. Agorodd ddrws y parlwr. Dim byd, dim ond wyneb y llwynog yn chwerthin i lawr arni o'r wal drwy'r tywyllwch.

Meddyliodd am fynd yn ôl i'r gwely.

Tap, tap, tap! Bang! Tap!

Roedd y sŵn yn dod o'r llofft. Rhedodd Martha am waelod y stâr a gweld Sianco'n dod yn ei hyd yn llefen.

"M... m... m... ma'r sŵn lan stâr nawr!"

Symudai'r sŵn o ffenest i ffenest i fyny'r grisiau ac i lawr.

"Paid becso nawr, Sianco; rhywun yn chware jôc, siŵr o fod."

Meddyliodd Martha am eiriau Jac. 'Paid ti â disgwl i bethau fod yn hawdd ma o nawr mla'n.'

"Cer i'r gwely nawr te Sianco."

"O... o... ond falle na'r L... L... L... Ladi wen yw hi!"

"Paid â chellwair nawr."

Agorodd llygaid Sianco'n lletach byth.

"Falle 'na M... M... Mami sy 'na."

"Bydd ddistaw. Dwyt ti ddim yn credu yn y nonsens 'na, gobeitho. Nawr cer i'r gwely. Fe arhosa i fan hyn i neud yn siŵr nad oes neb yn dod i mewn."

Roedd Sianco'n wynnach nag arfer ac roedd yn malu defnydd ei Long Johns yn ei fysedd. Nodiodd ei ben ar ôl sbel a mynd am y stâr. Edrychodd nôl ar Martha gan agor ei geg.

"Cer i 'ngwely i am heno."

Edrychai Sianco damaid yn hapusach wrth ddringo'r stâr yn ara.

Wedi iddo fynd troiodd Martha am y stof. Arllwysodd ddŵr i mewn i gwpan a gwnaeth de Padi. Roedd yr ardd tu allan yn edrych yn dawel drwy'r ffenest. Doedd dim gwynt 'da hi. Chlywodd hi ddim swnyn. Eisteddodd wrth y ford â'r dryll yn dal yn ei chôl. Penderfynodd nad oedd pwynt mynd yn ôl i'r gwely rhagor gan y byddai Sianco'n cysgu'n sownd ac roedd y bore'n agosach na'r nos erbyn hyn. Roedd mwg y te'n cyrlio'n araf i mewn i'r nos a synau'r bore yn dechrau deffro. Roedd traed Martha'n oer ar y leino ac estynnodd am bâr o sane glân a fu'n crasu uwchben y stof. Rhoddodd y dryll i lawr ar y ford a gwisgodd ei sane'n ffwdanus gan fynd at y drws a gwisgo'i welingtons yn ogystal cyn mynd yn ôl i eistedd ar y sgiw. Cydiodd yn y dryll unwaith eto a'i fagu rhwng ei breichiau a'u choesau. Roedd y gegin yn dawel ond am y symud llechwraidd a ddeuai nawr ac yn y man o'r cwdyn cêc. Byddai'n rhaid iddi gofio rhoi gwenwyn yno. Meddyliodd eto am Jac a Judy.

Ymhen rhyw hanner awr fe gododd a mynd at ddrws y bac. Roedd tywyllwch y nos yn dechrau troi'n rhyw lwyd golau. Agorodd y drws a mynd mas. Roedd hi'n eitha mwyn o feddwl ei bod hi'n wanwyn cynnar. Cerddodd mas i'r ardd, a'i welingtons yn gwlychu yn y gwlith. Oedodd am eiliad cyn rhoi'r dryll ar y llawr wrth ei hymyl er mwyn edrych o dan y badell ar y llawr. Aeth ar ei chwrcwd, codi'r badell fel hen grachen ac edrych ar ôl traed Gwynfor. Roedd patrwm ôl ei draed yn glir yn y pridd fel ysbrydion ar ôl i'r corff adael. Rhedodd ei bys ar hyd y ddau siâp. Toddodd ychydig o'r rhew y tu mewn iddi a gollyngodd ddeigryn o'i llygaid duon.

Pennod 15

"**D**EWCH Â BRECWAST i fi gloi! Ma'n rhaid bennu'r pens 'na ac ma hwrdd yn y sied â chyrne'n troi i mewn i'w ben."

Roedd Jac wedi bennu godro'n gynnar gan ei fod e wedi cyrradd adre'n gynt nag arfer, siŵr o fod.

"Dewch mla'n te."

Roedd Martha wedi mynd nôl i'r gwely i gau'i llygaid am hanner awr ac wedi cysgu'n ôl.

"Be sy'n bod 'no chi heddi?"

Torrodd Martha'r wy i mewn i'r ffreipan a gwylio'r hylif clir yn troi'n wyn.

"Dwi 'di blino am ryw reswm, Jac."

"Cewch i'r gwely yn gynt te, er mwyn Duw. Rych chi fel delw ambwti'r lle 'ma."

"Es i'r gwely'n gynnar ond fe ddihunodd rhywbeth fi."

Sleidrodd Martha'r teclyn dan yr wy a'i droi drosto. Chwalodd y pothell melyn.

"Beth uffarn 'ych chi'n siarad ambwti, gwedwch?"

Edrychodd Martha arno â'i llygaid yn drwm. "Gwedwch chi wrtha i Jac," meddai'n dawel

"Ma rhywbeth yn bod ar 'ch pen chi, glei. Ry'ch chi'n dechre colli ddi, weden i. Odi'r wy na'n barod?"

Daeth Sianco i mewn ar ôl bod yn ffido'r lloi ac aeth i eistedd ar bwys y tân. Tic-tician ar leino, a Bob yn neidio i'w gôl, yn faw i gyd. Rhoddodd Martha'r plât o flaen Jac. Roedd hi'n fore oer, a mwg y bwyd yn cyfarfod ag anadl

Jac. Roedd Sianco'n dechrau pendwmpian.

Cydiodd Jac yn y botel sos coch a'i bwrw at Sianco. Neidiodd Bob jest mewn pryd.

"Oi! 'na ddigon o'r diogi 'ma. Ma'n bryd i ti ennill dy le rownd ffor hyn. Dim Holiday Camp yw hwn, t'mod."

Edrychodd Sianco arno'n dawel â'r chwydd i'w weld o dan ei lygaid.

"Bydd ise slaten arna i bore ma a blow tortsh i ni ga'l neud yr hwrdd 'na."

Nodiodd Sianco arno.

"Bydd ise poethi'r cyrne gynta cyn i ni allu eu troi nhw am mas ne fe sgriwan nhw reit mewn i'w ben e."

Roedd Jac yn siarad gan glirio'i blât mewn ffordd fecanyddol.

"Weles i hwrdd unwaith â'i gyrne 'di mynd yn syth i mewn i'w ben e. Wedi bod ar goll ar y mynydd a neb wedi 'i weld e. A'th e off 'i ben."

Edrychodd Martha ar y melyn wy o'i blaen a rhoddodd ei chyllell a'i fforc i lawr. "Na be sy'n digwydd, tweld, os ti'n gadel pethe fel'na i fod," meddai.

Bennodd Jac ei frecwast a gollwng ei gyllell a'i fforc fel ag yr oedden nhw, heb drafferthu eu rhoi'n daclus ar ganol y plât. Sychodd ei weflau â macyn o'i boced. Roedd hwnnw mor ddu â'i wasgod. Aeth i mewn i'w boced i chwilio am 'i faco. Tynnodd bapur mas o'i boced arall. Rhoiodd hwnnw ar y ford a'i wthio i gyfeiriad Martha.

"'Co hwn 'fyd."

Edrychodd Martha ar y papur mewn syndod. "Beth yw e?"

"Ise i chi fynd â fe i'r dre pan ewch chi… i'r Sosial."

Cydiodd Martha yn y papur a'i agor. Gadawodd i'w llygaid orffwys arno am sbel. Edrychodd ar Jac. "A beth 'ych chi'n feddwl wrth hyn?"

"Wel, ma nghefen i'n dost, on'd yw e? Alla i ddim â gweithio'n iawn rhagor felly man a man i ni ga'l rhywbeth nôl oddi wrth y diawled."

"Rych chi'n mynd i weud bo chi'n ffeili gweithio?"

"Ddylen i ddim gorffod gweithio mor galed. Se mwy o help 'da fi ambwti'r lle 'ma, fydde nghefen i ddim mor wael."

"Alla i ddim mynd â hwn i unman." Plygodd Martha'r papur a'i wthio'n ôl ar draws y ford.

"Chi'n meddwl 'nny? Wel falle ddylen ni weud wrth Judy am fynd i'r dre bob wythnos yn 'ych lle chi, gan mai 'nghar i ry'ch chi'n ddefnyddio, a wedyn gallwch chi aros gatre fan hyn bob dydd."

Meddyliodd Martha am eiliad am y caffi a'r cerdded trwy'r farchnad. Edrychodd Jac arni. "Wedodd Judy na fyddech chi ddim yn hir cyn newid 'ych meddwl."

"Ro'n i'n meddwl bod 'da honna rywbeth i'w neud â'r peth. Dyw'r teulu 'ma eriod wedi cymryd ceinog fel'na o'r bla'n."

"Wel, ni sy'n dwp, yntefe, 'na'i gyd weda i. Ma pob un ffycer wrthi. Ma boi yn y pentre wedi ca'l car newydd sbon. Ma fe'n mynd ar 'i holides dair gwaith y flwyddyn, a phwy sy'n blydi talu? Twpsod fel ni. Do's dim byd yn bod ar y diawl. Ma pawb yn gwbod 'nny ond sneb yn gweud dim byd."

"Ond dyw e ddim yn iawn, Jac."

"Ma ffarmwr ochr draw Bryn Bach yn cleimo ffortiwn. Ma fe'n mynd mas a gweithio ganol nos ar y ffarm! Gwdi-hw ma pawb yn 'i alw fe, ond ma fe'n byw fel ffycin brenin!"

"Ond beth os cewch chi'ch dala, Jac?"

"Chi'n meddwl bod ots 'da nhw, Martha? Cerwch â nhw mewn, a 'na ddigon arni. Ma ise help mas arna i bore 'ma 'fyd. Siapwch hi. Neith hwnco mynco mo'r job yn iawn, ynta."

Aeth Jac a Sianco mas i'r sied tra bod Martha'n cymhennu. Sychodd ei dwylo'n dawel a gwisgo'i welingtons. Cyn cau'r drws edrychodd yn ôl ar y ford lle'r oedd y papur gwyn yn dal i orwedd â chwmwl clir o saim yn ymledu dros ei gornel.

Roedd yr hwrdd mewn sied ar ei ben ei hun. Hwrdd mynydd mowr â'i gyrn yn browd am ei ben, yn sefyll yn stond yng nghanol y gwellt â'i lygaid yn canolbwyntio ar ryw boen annioddefol ymhell y tu mewn iddo. Ar bob ochr i'w ben roedd 'na friw coch lle'r oedd y cyrn, a fu unwaith yn ei wneud yn greadur mor bert, yn cwrlio'u ffordd i mewn i'w benglog. Allai Martha ddim â dychmygu gwaeth marwolaeth.

Aeth Martha i ganol y gwellt a chydio yn ei gefen tra oedd Sianco'n sadro'i goesau ôl. Cydiodd Jac yn yr hwrdd a rhoi slaten o dan y corn a thros ei lygad gymaint ag y gallai. Dechreuodd gynhesu'r corn yn ara, ac ar ôl rhyw bedair munud fe ddaeth arogl fel gliw i'w ffroenau nhw. Tynnodd y corn am allan yn ara â'r hwrdd yn ymladd gymaint fyth ag y gallai mewn poen. Roedd Martha bron yn genfigennus wrth i'r hwrdd gael gwared ar ei wasgfa mor hawdd. Sylwodd Martha ar ffigwr Judy'n eu gwylio o ddrws y sied. Roedd hi'n gwisgo *overalls*, a'i gwallt gwelltog wedi'i dynnu'n dynn ar dop ei phen.

Roedd hi wedi dechrau dod i Graig-ddu yn ystod y dydd yn ddiweddar, er nad i wneud llawer o waith. Reidio gyda Jac yn y tractor, helpu Sianco i ffido'r lloi a rhoi bwyd i'r defed oedd i mewn fyddai hi. Pan aeth Martha i mewn i'r parlwr godro ryw noson, fyn'na roedd Jac yn ei dysgu sut i osod y mashîn am gader y fuwch. Gadawodd Martha'r hwrdd yn rhydd a cherdded heibio i Judy wrth fynd am y tŷ. Gwenodd hithau heb edrych ar Martha a cherdded tuag at Jac.

Dechreuodd Martha baratoi cinio ac aeth at y dreser i nôl wyau. Daeth cnoc ar y drws. Neidiodd Martha mewn ofan. Aeth at y drws â'i brest yn dynn yn disgwyl gweld Judy.

"Mrs Martha Williams?" Dyn mewn *overalls* glas a chlip-bord oedd yno. Roedd lorri wen fawr ar y clôs a'i phen-ôl wedi bacio mor agos â phosib at y drws.

"Miss Williams, ie… *yes*."

Gwenodd y dyn.

"Deliferi i chi, Miss Williams." Pwysleisiodd y 'Miss' wrth redeg ei fys i lawr un o'r ffurflenni yn ei law.

"Ond… sa i wedi archebu dim byd," esboniodd Martha'n ansicr.

Roedd dau ddyn arall yn brysur yn agor cefen y lorri. Edrychai'r dyn cynta braidd yn ddryslyd.

"Ym… Miss Martha Williams, Graig-ddu Farm…"

Nodiodd Martha.

"'Na beth ma fe'n weud lawr fan hyn, cariad. Arwyddwch fan hyn de, plîs."

Doedd Martha ddim yn hoffi'r ffaith iddo ei galw hi'n 'cariad' o hyd, o feddwl ei bod hi'n ddigon hen i fod yn fam iddo. Gafaelodd yn y feiro a offrymwyd iddi, ac arwyddodd yn sigledig ar y llinell. Daeth Sianco i'r golwg o rywle yn fusnes i gyd. Agorwyd cefn y lorri a dechreuodd y dynion ddadlwytho'n araf.

"*Right then, Missy,*" meddai'r dyn gyda gwên, "lle 'rych chi ise'r piano ma?"

Cariwyd y piano i mewn i'r parlwr a'i osod y tu ôl i wal y lleithdy. Cafodd y tri dipyn o drafferth ei gario'n saff i mewn o dan ddrysau isel y tŷ ond mewn rhyw hanner awr roedd y piano yn ei le.

"Falle dylech chi gael rhywun i diwno hwn nawr, cariad," wedodd y dyn a rhoi winc. "Chi'n gwbod shwt ma'r hen bethe 'ma'n mynd yn *cranky* os 'ych chi'n handlo gormod arnyn nhw."

Doedden nhw ddim eisiau te gan eu bod nhw'n mynd i alw mewn rhyw stad ddiwydiannol yn rhywle, ac fe adawodd y tri mor ddisymwth ag y cyrhaeddon nhw. Gwnaeth Martha de iddi hi ei hun, ac wrth ei yfed eisteddodd ar y soffa binc er mwyn cael edrych yn iawn ar y piano. Roedd e'n biano pert 'fyd. Yn ddu ac yn sglein i gyd fel ceiniog newydd. Cododd ac agor caead y byseddfwrdd a sefyll yno i'w edmygu. Gwenodd y piano yn ôl arni. Gwên lydan, gyfeillgar. Fentrodd hi ddim cyffwrdd â run o'r nodau. Sylwodd Martha fod Sianco'n ei gwylio drwy'r ffenest, a gwnaeth arwydd arno i fynd nôl at ei waith. Diflannodd y bore mewn rhyw niwl o olchi dillad a chymhennu, ond byddai Martha'n rhoi ei phen rownd drws y parlwr nawr ac yn y man i ryfeddu at y piano, a phob tro y gwnâi hi hynny byddai'r piano'n gwenu'n ôl arni.

"A beth yw'r clorwth 'na sy yn y parlwr de?" gofynnodd Jac amser swper gan wenu ar Judy. "Pwy uffarn sy'n mynd i chware hwnna? Yr ysbrydion 'na ma Sianco wedi bod yn gweud tho fi ambwti nhw?"

"Anrheg o'dd hwnna wrth Gwynfor, Jac."

"Duw, Duw, Gwynfor yn ca'l gwared ar bopeth sy ddim ise arno fe ar un go, ife? Pa iws fydde piano iddo fe? 'Na Gwynfor i ti i'r dim, gwastraffu arian ar rywbeth sy'n dda i ddim i neb."

"Fi sy'n mynd i ddysgu chware."

Byrstiodd Jac mas i chwerthin. *"She's going to learn to play the piano!"*

Dechreuodd Judy chwerthin gydag e.

"F... f... dwi'n m... m... m... meddwl bydd Martha'n gallu chware," wedodd Sianco o'r gadair wrth y tân.

Chwarddodd Jac yn uchelach.

"And that fucking idiot thinks she'll be good at it!"

Roedd chwerthin Judy'n swnio fel petai hi'n bwrw darnau miniog o wydr. *"Well, it might be something for her to do now she's completely by herself."*

Edrychodd Martha ar Sianco. Roedd e'n edrych fel petai'n brwydro i reoli ei hunan rhag dweud rhywbeth.

"Look, Jac, I think he's trying not to say something! That's a change – he usually struggles to say anything at all!"

Cododd Sianco ar ei draed a chododd Martha gydag e heb feddwl.

"Y... y... y... y... you."

Chwarddodd Jac a Judy yn uwch byth.

"Y... y... y... you're a bitch!" gwaeddodd Sianco'n crynu i gyd. Diflannodd y wên oddi ar wynebau Jac a Judy. Edrychodd Martha'n gegagored ar Sianco. Cododd Jac a mynd at Sianco a chydio yn ei goler cyn i hwnnw gael amser i ddianc.

"Be wedes ti?!" Roedd Jac yn wenfflam.

"M... m... m..."

Siglodd Jac Sianco'n ôl ac ymlaen wrth ei goler fel pe bai'n siglo ci.

"M... m... ma hi'n bitsh!"

Bwrodd Jac e yn ei wyneb nes iddo gwmpo ar ei hyd ar lawr. Wrth iddo orwedd yno, anelodd gic at ei fol. Roedd

Bob yn cyfarth yn wyllt ac yn dangos ei ddannedd yn heriol i Jac. Gwyliodd Martha'r holl beth gan fethu â symud cam. Sylwodd fod peth gwaed yn llifo o glust Sianco ac yn dripian yn dawel ar y leino.

Trodd Jac ar ei sawdl a thynnu Judy o'i sedd ar y sgiw wrth ei llaw. "A peidiwch chi â ffycin mentro mynd â'r twpsyn at y doctor, chwaith, ne fydd hi off ma."

Penliniodd Martha ar bwys Sianco a rhoi ei ben yn ei chôl. Roedd ei wyneb yn wyn ac edrychai ar Martha â'i lygaid ymhell.

Ar ôl iddo gau'r drws yn ffyrnig clywodd Martha Jac yn rhoi cic i'r badell oedd yn yr ardd a cherddodd y ddau trwy ôl traed Gwynfor at y car.

Pennod 16

*T*AP, T*AP, ta-ta-ta-tap.*
   Pedwar y bore. Dodd Martha ddim hyd yn oed yn cysgu oherwydd ei bod hi'n disgwyl i'r sŵn ddechrau.

Tap, tap, tap, ta-ta-bang-tap.

Cydiodd yn ei phen. Roedd hi'n teimlo mor wan ag ysbryd. Daeth sŵn cyfarwydd traed Sianco ar y landin unwaith eto cyn iddo neidio i mewn i ochr arall y gwely, â hanner ei wyneb yn un clais du. Edrychodd e ddim ar Martha hyd yn oed. Roedd cefen Martha'n dostach nag arfer ac roedd yr annwyd trwm arni yn hollti 'i chorff yn ddau bob tro y byddai'n peswch. Roedd Sianco wedi gwthio papur tŷ bach i mewn i'w glustiau a rhoi ei ben dan y gobennydd rhag ei chlywed.

Cododd Martha'n araf. Roedd yr annwyd wedi 'i gwneud hi'n ansicr ar ei thraed ac roedd ei choesau'n winye i gyd. Ond roedd hi wedi gosod dillad mas yn barod cyn mynd i'r gwely gan fod ganddi gynllun heno. Gwisgodd a thynnu'r sgidie am ei thraed gan resymu y byddai'n rhaid i Jac a Judy gnocio ar y ffenestri gyda rhywbeth hir fel coes brwsh neu beipen gan nad oedd wedi gweld ôl tra'd o gwbwl o gwmpas y tŷ. Doedd dim rhyw uchder mowr i'r ffenestri ucha'r tŷ hyd yn oed, gan fod Ca' Berllan yn dod lan at hanner y wal allan, felly byddai'n hawdd ymestyn a'i chyrraedd. Cydiodd yn y dortsh ac aeth yn dawel bach i lawr y grisiau gan deimlo â'i throed am y gris nesa bob tro cyn mentro cam arall. Aeth i mewn i'r parlwr. Roedd hi wedi penderfynu eistedd a gwylio yn y parlwr er mwyn cael prawf. Rhesymodd y byddai'n eu dal pe bai'n eistedd ar bwys un ffenest yn ddigon hir. Bydden nhw'n gwneud camgymeriad cyn bo hir ac yn dangos eu hunen. Pwyll ac amynedd o'dd ise. Cenfigennodd wrth feddwl am Sianco'n cysgu'n braf yn y llofft.

Tap, tap, tap, ta-ta-ta-tap.

Sŵn yn y llofft.

Roedd y piano mawr yn gwenu arni a'r lleuad yn tynnu sylw at ei ddannedd gwyn. Tynnodd stôl y piano i ochr y ffenest a mas o'r ffordd. Welai neb hi wedyn o'r tu allan. Eisteddodd a gwylio.

Bang, bang, bang.

Lawr stâr wrth ddrws y bac. Roedd pob curiad yn teimlo fel petai'n ergyd yn ei brest. Bron nad oedden nhw'n garreg ateb i'w chalon hi. Roedd y cadno uwch y drws yn chwerthin arni'n llon. Roedd angen cwsg arni, roedd sŵn crafu yn ei hanadl, ac weithiau cwympai ei phen yn flinderus ar ei brest. Byddai'r llenni blodeuog yn symud weithiau yn y gwynt main a wthiai ei hun i mewn i'r stafell fel cyllell rhwng y gwydr a ffrâm y ffenest.

Tap, tap, tap.

Wrth ffenestr y parlwr. Dihunodd Martha fel bollten. Cododd ar ei thraed. Gallai weld cysgod rhywun wrth y ffenest.

Bang, bang, bang, ta-ta-tap.

Cydiodd yn y cyrten a symud ei hwyneb yn ara bach ymlaen i weld pwy oedd yno.

Bang, bang, bang, bang.

Llygaid duon ac adenydd lliw petrol.

Bang, bang, bang, bang, bang, bang.

Cigfran anferth yn ysu am gael dod i mewn. Neidiodd calon Martha.

Bang, bang, bang, bang, bang, bang.

Roedd hi'n bwrw'r ffenestr gyda chymaint o bŵer nes bod ei phig yn waed i gyd, a hwnnw'n tasgu dros y ffenestr. Roedd ôl crafion pig a gwaed ar y gwydr. Roedd y cochni ym môn ei phig yn poeri i'w llygaid. Gwelodd hi Martha drwy gornel ei llygaid a hedfanodd i ffwrdd fel gwrach i mewn i'r tywyllwch. Gwyliodd Martha hi'n gadael trwy'r ffenestr frwnt, a theimlodd y cadno a'r piano yn gwenu'n ddirmygus y tu ôl iddi.

Ar ôl i'w chalon arafu, fe gaeodd Martha'r cyrtens. Rhedodd i mewn i'r gegin gan adael i'r torsh gwmpo o'i chôl. Aeth at ffenestri'r lleithdy a drws y bac a chau ei holl lenni. Doedd hi ddim wedi gwneud hynny ers i gorff Mami ddod yn ôl i'r tŷ, gan nad oedd angen cau cyrtens ym mherfeddion y wlad fel arfer. Cafodd Martha sioc a theimlai ei bod wedi gwanhau dipyn bach yn fwy. Roedd ei phesychiadau fel sŵn llifo plocyn tân a gwisgodd ei chot fowr dros ei dillad a mynd i fyny'r grisiau i'r llofftydd. Tynnodd y llenni yn stafell Jac a Sianco ac aeth i mewn i'w llofft a gweld Sianco'n cysgu'n braf yn ei gwely cyn tynnu'r llenni yno 'fyd. Cysgai Sianco fel corff ar ei gefn, ei geg led y pen ar agor a'r darnau o bapur toiled yn ymestyn mas o'u glustiau.

Ar y landin, oedodd i feddwl am eiliad cyn troi'n ôl tuag at stafell Mami. Safodd wrth y drws, yna codi'r glicied yn ara bach a mynd i mewn. Hon oedd stafell fwya'r tŷ, gyda lle tân mowr ar un ochr a chelfi trwm ar bob wal a'r rheini'n tywyllu'r lle'n awdurdodol yn eu cadernid. Roedd Martha wedi gadael y cwbwl fel ag yr oedden nhw y diwrnod yr aeth Mami. Croesodd y stafell a chau'r llenni tenau, ond roedd tipyn o olau'n treiddio trwyddyn nhw fel haul trwy ddŵr. Aeth Martha at y gwely, ac am y tro cynta ers colli Mami, eisteddodd arno. Edrychodd o gwmpas. Fyddai Martha byth yn dod i mewn i'r ystafell heb fod arni eisiau rhywbeth. Roedd y potyn talc a'i chrib yn dal ar y ford fach, y gŵn-nos wedi'i phlygu dros fraich y stôl, a'r siambar yn dal wrth droed y gwely. Roedd pâr o galosis Dat ar y stôl yr ochr draw.

Ers y Nadolig, roedd Martha wedi symud gemwaith Mami i gyd i'w hystafell hi rhag ofan i ragor o bethau ddiflannu. Er nad oedd llawer o ddillad gyda nhw, roedden nhw'n dal i hongian yn y ddwy wardrob naill ochor i'r gwely. Roedd Mami wedi rhannu ei dillad hi – y rhai fyddai hi'n eu gwisgo pan oedd Dat yn fyw a'r rhai a wisgai ar ôl ei golli. Byddai ei dillad yn ei ffitio'n daclus ac ymfalchïai yn y ffaith ei bod hi wedi cadw'r un seis ar hyd ei hoes. Pan oedd hi'n prynu dillad wedyn roedd hi'n prynu rhai drud a fyddai'n para am flynydde a blynydde.

Do'dd dim ffrogiau crand 'da hi beth bynnag. Roedd hi hyd yn oed wedi priodi mewn siwt nefi adeg rashions defnyddie. Fe roiodd pawb stamps dillad iddi yn anrheg priodas er mwyn iddi allu prynu defnydd i wneud y siwt. Chafodd honno mo'i leinio, chwaith, ond gobaith Mami oedd na fyddai neb yn sylwi. Wedi priodi Dat, ac wrth i bethau wella, fyddai hi byth yn prynu'r un dilledyn os na fyddai'r leinin yn leinin safonol. Doedd dim lot o ddillad Dat ar ôl yn y wardrob gan fod Jac wedi defnyddio'r rhan fwya o'r rheini ar y ffarm er mwyn osgoi gwastraffu prynu dillad bob dydd. Roedd hynny ar ôl colli Mami, wrth gwrs; roedd Jac wedi gwisgo dillad Dat unwaith ar ôl iddo fe fynd, ac fe gath Mami gyment o sioc o'i weld e'n dod i mewn i'r tŷ fel y tarawyd hi'n wael a buodd yn y gwely am dros wythnos. Doedd dim ots ar ôl colli Mami, er unwaith fe gath Martha rhyw bwl a hynny pan welodd hi Jac yn ffenso ac yn gwisgo hen siwt angladde Dat.

Doedd dillad Mami ddim yn ffitio Martha, gan mai hen glambar lletchwith ei seis oedd hi, yn ôl ei mam. Cerddodd rhywun tros fedd Martha a dechreuodd grynu nes ei bod hi'n rhwbio ei breichiau heb iddi sylwi.

Clywodd sŵn Sianco'n ochneidio yn ei gwsg o'i llofft. Setlodd yn fwy cyfforddus eto ar y gwely gan bwyso'n ôl ar yr hed-bord. Caeodd Martha ei llygaid ac roedd y gwely'n ddwfn ac yn groesawgar. Meddyliodd am y frân â'r llygaid tywyll caled yn sgleinio fel fflint yn barod i danio ac aeth ton o binnau bach trwy ei chorff mewn ofan. Roedd Mami wastad yn gweud y bydde rhywun yn marw yn y tŷ pan fyddai aderyn yn ceisio dod i mewn. Byddai Dat yn wfftio'r peth fel ofergoeledd, ond roedd Mami yn siŵr bod 'na rywbeth yn y goel. Wedodd hi fod hen lanc o ochre Llannon wedi achwyn bod gwylan yn trio dod i mewn i'w dŷ gan gnocio a chnocio o hyd ac yn ei wylltio'n lân. Fuodd hwnnw ddim yn hir, druan; yn wir, rodd e 'di marw ymhen wythnos a welodd neb mo'r wylan wedi 'nny. Wedodd Mami bod deryn fel'na yn fwy sicr na thoili hyd yn oed. Bod rhywbeth mwy annaturiol wrth i rywbeth gwyllt drial dod i mewn i dŷ fel'na nag mewn rhith. Roedd y gigfran yma wedi bod yn eu poeni nhw ers wythnosau, a doedd pethau ddim yn argoeli'n dda.

Meddyliodd Martha am y gigfran. Doedd hi ddim yn bosibl iddi allu gweld ei llun ei hunan yn y ffenest am ei bod hi'n ymosod ar nosweithiau clir a chymylog, ac un noson roedd niwl tyn dros y wlad. Doedd hi ddim hyd yn oed yn amser nythu chwaith, ac roedd hi'n siŵr nad oedd neb yn ei bwydo hi. Doedd dim esboniad i'r holl beth os nad oedd rhywbeth yn bod ar ei phen hi'n cnocio a chnocio dro ar ôl tro nes ei bod hi'n gwaedu. Cuddiodd Martha ei hwyneb yn ei dwylo. Roedd y peth yn afiach, yn annaturiol. Watshia di, bydd rhywun yn 'i hyd 'ma cyn bo hir, gei di weld. Dyna beth wedodd Mami am y dyn o Lannon…

Tynnodd Martha'r blancedi'n gynnes o'i chwmpas a cheisio mogi'r meddyliau yn y cwrlid. Roedd hi'n crasu'r gwely'n aml, a phan fyddai Jac yn ei holi hi pam, ei hateb bob tro oedd rhag ofan y deithe ymwelwyr rhywbryd ac ise lle i aros. Eithe Jac ddim at gyfyl y stafell, sach 'nny.

Bydde'n rhaid iddi olchi'r ffenestri i gyd fory a meddwl beth i neud â'r gigfran. Bydde gwaith sgrwbio, achos bydde'n gas 'da hi petai rhywun yn galw a gweld y ffenestri'n frwnt i gyd fel'na.

Roedd ei llygaid hi'n drwm. Falle y galle hi gael Sianco i'w helpu fel y bydde'r cyfan wedi'i orffen cyn i Jac ddod yn ôl i odro, rhag bod hwnnw'n gweud rhwbeth casach nag arfer hyd yn oed. Caeodd Martha ei llygaid gan geisio arafu'r meddyliau oedd yn gwibio fel adar bach trwy ei phen. Yna, ar ôl rhyw awr, fe ddaeth rhyw gwsg anniddig llawn breuddwydion o Mami a Dat a chigfran fawr ddu.

Y tu allan, roedd hi'n goleuo a'r da'n dechrau edrych i gyfeiriad y parlwr godro. Ar y stad tai cyngor, roedd Jac yn dechrau dihuno a meddwl am fwrw am adre. Edrychodd ar ei ddillad yn fwndel anniben ar bwys y gwely. Roedd y trowsus gwaith a'r crys tsiec a'r wasgod frwnt yn edrych mas o le ar y carped glas gole, glân. Yn Graig-ddu, roedd Sianco'n dal i orffwys fel corff, Bob yn neidio a phlycio yn ei gwsg a Martha mewn cwsg anniddig a'i hysgyfaint yn sisial gyda phob anadl. Wrth i'r tywyllwch deneuo fe dewhaodd sŵn yr adar. Yn yr ardd, roedd cigfran fawr dywyll ar gangen a'i llygaid yn pylu yn y golau gwan.

Pennod 17

ROEDD LLADD Y FRÂN yn mynd i fod yn anodd, meddyliodd Martha wrth dorri'r llysie ar gyfer y cawl. Roedd hi wedi hôl gwddwg y twrci o'r rhewgell y noson cyn 'nny ac wedi neud stoc yn barod. Alle hi mo'i saethu 'ddi trwy'r ffenest a byddai hi'n anodd ei dal hi o'r tu allan oherwydd eu bod nhw mor glyfar yn sylwi ar berygl. Wrth sgrwbio'r sosban fach yn lân yn y sinc gyda sbwng brilo, meddyliodd Martha am hen dric John Pen-banc. Wedodd hwnnw y byddai'n torri darnau mân o sbwng a'u llwytho â marmeit. Roedd y brain yn eu llowcio wedyn a thagu. Ond, meddyliodd Martha, byddai adar eraill yr un mor debygol o'u llyncu hefyd. Galle hi gael benthyg banger hefyd fyddai'n gwneud sŵn bob rhyw hanner awr ond roedd y frân wrth y tŷ a châi neb gwsg wedyn. Meddyliodd efallai y dylai adael un ffenest ar agor ryw noson er mwyn iddi hi gael dod i mewn. Falle dylai hi lanhau stafell Mami yn lân a symud popeth mas ohoni a'i dal i mewn yn fan 'nny. Byddai modd cael gafael ynddi wedyn. Ond roedd meddwl am y frân yn dod i mewn i'r tŷ yn hela oerfel lan cefen Martha. Gwenwyn? Falle mai dyna fyddai'r ateb.

Daeth sŵn cerbyd i'r clôs. Roedd rhywun yna. Sychodd Martha ei dwylo, rhoi'r piser o gawl ar y stof, rhoi'r caead arno, gyda'r cennin yn troi fel llygaid ar wyneb y stoc. Disgwyliodd gnoc ar y drws.

"Bip, bip!"

Corn car. Edrychodd Martha ar y cloc. Roedd hi braidd yn gynnar i'r becer a fyddai'n galw bob wythnos. Aeth at y drws a cherdded mas i'r clôs lle'r oedd cerbyd 4x4 – un anferth sgleiniog, newydd. Edrychodd eto i weld pwy oedd ynddo. Daeth llais o sedd y pasinjer.

"What do you think then, Martha?"

Judy â'i llygaid yn gwenu. Diffoddodd Jac yr injan, agor y drws a chamu mas.

"Peidwch â dechre, 'na gyd weda i."

Edrychodd Martha arno. Daeth Sianco o rywle â'r ddau stribyn o bapur toiled yn dal i hongian o'i glustiau. Roedd Bob yn neidio o'i gwmpas yn edrych i fyny arnyn nhw'n chwifio yn y gwynt ac yn cyfarth.

"Ond..." dechreuodd Martha.

"Sa i 'di cal dim byd fel hyn o'r bla'n, a ni ddim yn mynd tamed yn ifancach. Bygyr it weda i."

Roedd Sianco'n cerdded o gwmpas y cerbyd gan wenu. Mentrodd gyffwrdd â'r paent arian gydag un bys. Tynnodd ei law yn ôl fel petai'r metel yn borpoeth cyn cyffwrdd ag e eto. Roedd wyneb Martha'n hir dan straen.

"Ond allwn ni ddim fforddio..."

"Wel ni wedi a 'na ddiwedd arni. Ma hawl gan ddyn fwynhau ei hunan ambell waith a dwi'n heiddi bach o *comforts* ar ôl yr holl waith caled 'ma."

"Beth am yr holl bethe sydd ise'u gneud ar hyd y lle 'ma? Ma'r parlwr godro yn cwmpo'n bishys ac ma angen tractor newydd yn druenus!"

Daeth Jac drwyn yn drwyn â hi. "I beth, Martha, ma angen newid pethe fel'na? I beth? Fydd dim un ohonon ni 'ma'n hir eniwe, man a man enjoio weda i."

Roedd Judy'n dringo mas o'r ochr arall.

"Ond ma'r hen gar 'da chi o hyd?" meddai Martha wrth i Jac gerdded heibio tuag at y tŷ. Troiodd hwnnw ac edrych arni.

"This is so much more suitable for Jac, don't you think? And my son just loves Jac's old car. He's 17 next week, and it's such a great present for him."

"Ond Jac, shwt af i i'r dre i neud y negeseuon? Alla i byth â dreifio honna, ma hi'n ormod o glorwth a ma 'ngefen i... "

Edrychodd Jac ar Judy.

"Bydd rhaid i Judy hebrwng chi, 'na gyd."

"Beth?"

"Eith Judy i mewn â chi bob wythnos. Peidwch â neud môr a mynydd o bethe nawr, er mwyn Duw."

"Ond beth sydd ise rhywbeth fel hyn arnon ni, Jac? Dy'n ni ddim yn mynd i unman, odyn ni?"

"Falle ddim, ond ma Judy'n mynd ar hyd y lle."

Troiodd ei gefn ac aeth Judy ar ei ôl am y tŷ. Roedd Sianco'n edrych i mewn i gefn y cerbyd drwy'r ffenestr. Roedd y paent yn edrych mor lân yn erbyn wal y beudy. Edrychodd Sianco ar Martha a gwenu.

Pennod 18

WEDODD Y DDWY ddim gair wrth ei gilydd yr holl ffordd i'r dre. Doedd Judy ddim eisiau hebrwng Martha, ond eto roedd hi'n gyfle rhy dda i wneud strocen a chael Martha i ddibynnu arni. Doedd Martha ddim eisiau cael ei gyrru chwaith, ond roedd yn rhaid iddi fynd i'r dre. Arhosodd Judy y tu allan i bob siop gan adael i'r injan redeg yn ddiamynedd.

Cymrodd Martha ei hamser ymhob lle, gan aros am y tro cynta ers oesoedd i sgwrsio â Mr Huws; bob wythnos byddai'n paratoi pils Sianco â'i lygaid fel rhai ci hela yn edrych dros ei sbectol hanner lleuad ar Martha. Sefodd hefyd i siarad â'r cigydd wrth iddo bwyso'r cig cyn ei arllwys i mewn i gydau plastig clir gan chwifio'i arddwrn wrth grogi cegau'r bagiau. Clywai Martha'r injan ddofn yn chwyrnu arni y tu allan bob siop.

"Get me some tabs from the Newsie, will you?"

Edrychodd Martha arni. Doedd hi erioed wedi prynu sigarets yn ei bywyd.

"Lampert and Butlers, twenty."

Doedd Martha ddim yn gwybod beth i'w wneud, na beth i'w ofyn. Edrychodd Judy arni'n ddiamynedd.

"You do want me to bring you to town every week, don't you?"

Oedodd Martha.

"Jac will give you the money after."

Aeth bochau Martha'n goch sgald wrth archebu'r sigarets. Fel arfer, dim ond y papur lleol a phecyn o mints i Sianco roedd hi'n gofyn amdano oddi wrth Emyr y niws. Roedd hwnnw'n cael ei alw'n Daily Post am fwy o reswm na'r ffaith ei fod yn cadw siop bapurau.

"Duw, Duw, ma hi'n neis ar ffarmwrs on'dyw hi?"

"Beth chi'n feddwl Mr Williams?"

"Dreifo rownd yn y 4x4s 'ma. Ma'r EU yn dda wrth rai, ta beth. Na gyd ma nw'n trial neud i fi yw sythu'r bananas." Pwysodd i edrych heibio'r posteri yn y ffenest ar y cerbyd. Tynnodd wynt trwy ei ddannedd. "Siŵr o fod gwerth ugen mil fan'na, on'd o's e? Rhaid mod i yn y job rong, myn diawl i."

Cydiodd Martha'n y sigarets a'u gwthio i waelod ei bag.

"Honna yw'r fenyw, ife?" Winciodd Emyr ar Martha. "Pishyn bach poeth glywes i... lico mynd i gampo, medden nhw!"

Doedd gan Martha mo'r galon i ofyn iddo esbonio'i hun na gofyn pwy oedd wedi bod yn cario claps. Byddai hynny'n ormod iddi ei ddiodde.

"Ma Jac wedi gweithio'n galed ar hyd 'i o's, a weden i bod hawl 'da fe i ga'l cerbyd newydd os o's ise un arno fe."

Roedd clustie Martha'n llosgi.

"Sa i'n gweud dim, Martha." Sylwodd Emyr ar ei llygaid a phesychu cyn ychwanegu, "y... Miss Williams... jest watshwch hi 'na i gyd," meddai gan godi ei aeliau'n gyfrinachol.

"A beth yn gwmws ma hynna fod olygu, Mr Williams?"

Plygodd Emyr ymlaen gan sibrwd yn dawel bach er nad oedd neb yn y siop. "Watshwch hi, na i gyd... rhag ofan, on'tefe."

Edrychodd Martha arno.

"Rhag ofan taw wedi lico'r twlc ma hi, a dim y mochyn."

Cydiodd Martha'n y mintys a'r papur gan eu rhoi yn ei bag. "Bore da, Mr Williams," meddai hi wrth i'r gloch ganu y tu ôl iddi.

Wrth yrru am adre, aeth y cerbyd i lawr Stryd y Bont a heibio Caffi Eurwen. Sylwodd Martha trwy'r ffenestr fyglyd ei bod hi'n brysur yno heddiw. Gwelodd y caffi'n pasio fel breuddwyd. Dyna'r tro cynta ers blynydde iddi beidio â bod yno amser te ar ddydd Iau. Heblaw am yr eira mowr yn y chwe dege a'r wyth dege, roedd hi wedi mynychu'r lle bob wythnos fel pader. Fyddai rhywun yn sylwi heddi nad oedd hi wedi galw, meddyliodd? Siŵr o fod.

Roedd Judy yn smygu ffag ac yn troi'r miwsig yn uchelach ac uchelach yn y cerbyd. Sylwodd Martha fod ei hewinedd yn felyn, yn hir ac yn galed, yn ddigon tebyg i rai cath. Roedd hi'n gwisgo hen dracsiwt, sgidie marchogaeth, a menig heb fysedd am ei dwylo. Doedd hi ddim wedi gwneud dim ymdrech i fod yn daclus er eu bod nhw'n mynd i'r dre. Dechreuodd Martha beswch, ond dim ond edrych arni a gwenu wnaeth Judy.

"Did you get Jac's money?" holodd wrth sugno'r bywyd mas o'r sigarét nes bod ei flaen yn goch gloyw. Roedd nôl arian Jac wedi mynd yn embaras wythnosol. Roedd y dre'n gleber i gyd a'r clecs fel sŵn gwenoliaid ar feinciau'r sgwâr. Teimlodd Martha'r siopau'n tawelu wrth iddi gerdded i mewn iddyn nhw. O leia roedd gan Emyr y gyts i ddweud yn ei gwyneb beth oedd pawb arall yn ei feddwl. Doedd neb wedi siarad am deulu Graig-ddu erioed o'r blaen, hyd y gwyddai Martha.

Dechreuodd y mwg wneud i Martha deimlo'n sâl. Doedd hi ddim yn arfer bod yn basinjer, ac roedd y miwsig yn gwasgu ochrau ei phen hefyd nes iddi ddechrau teimlo'n wan i gyd. Edrychodd Judy arni.

"I want… I want… to be sick."

Gwasgodd Judy'r brêcs yn gadarn a daeth y cerbyd i stop sydyn. Cydiodd y whilsen flaen yn y borfa a throiodd y cerbyd gyda sgrech gan wynebu'r clawdd.

"Fuck," gwaeddodd Judy gan bwyso dros Martha ac agor drws y pasinjer. *"Get out, don't fucking puke in here."*

Cydiodd Martha yn ochrau'r sedd gan ganolbwyntio ar beidio â mynd yn sâl.

"Get out, for God's sake. We're right in the middle of the road. Something might come."

Roedd hi'n stepen bell i lawr i'r llawr, a choesau Martha'n wan ac yn stiff. Llwyddodd i gael dwy droed ar dir cyn chwydu holl gynnwys ei stumog ar y borfa. Symudodd Judy'r cerbyd ymlaen ychydig bach ar hyd yr hewl. Roedd Martha'n goch i gyd a chwiliodd am facyn, ond doedd dim un 'da hi. Roedd pocedi ei siwt ore'n dal wedi 'u gwinio ac ar gau er mwyn cadw lein y siaced. Ceisiodd boeri'r hwd o'i gwefusau gan edrych o gwmpas a gobeithio na ddeithe neb. Cerddodd at y cerbyd a thaniodd Judy'r injan cyn edrych ar Martha a chynnu sigarét arall.

"God, there's a smell in here now."

Tynnodd Martha'r siwt nefi'n gyflym. Roedd ei dillad gwaith ar bwys y gwely. Tynnodd ei phais a'i theits a gwisgo siwmper drom a throwser. Roedd hi'n teimlo'n well erbyn hyn. Cydiodd yn y siwt a'i rhoi yn y fasged olchi. Edrychodd yn y drych, a gweld bod 'na damaid bach o liw wedi dod nôl i'w bochau.

Aeth yn ôl i'r gegin, gwisgo'i welingtons a mynd mas i'r clôs lle'r oedd Sianco'n chwarae 'da Bob. Rhedodd hwnnw tuag ati. Stopiodd Martha'n stond. Roedd Sianco'n wên i gyd.

"B... b... b... be chi neud?"

Roedd Bob yn ceisio neidio i fyny a chnoi ei fysedd.

"Nawr te Sianco, ma ise i ti i fynd i'r sied fowr a bwrw golwg ar y defed 'na sy wedi dod i mewn. Ma'n bwysig sieco bod pob oen yn sugno, ac ma ise clymu'r un fowr yn rhif tri lle bod hi'n cicio'r oen bach. Ti'n gwrando?"

Roedd ysgwyddau Sianco'n lledu gyda'r holl gyfrifol-deb. Gwyddai Martha ei fod yn ailadrodd ei geiriau yn ei ben drosodd a throsodd gan ei fod yn nodio'i ben gyda phob cam o'r dasg. Rhedodd i ffwrdd i gyfeiriad y sied fowr. Roedd Jac yn gorffen blingo oen wrth gwt y cŵn, yn sleidio cyllell rhwng y croen a'r sgerbwd bach pinc. Wedi iddo orffen fe daflodd y cnawd i ryw fwced fel bwyd i'r cŵn cyn ymestyn am yr oen amddifad mewn bocs wrth ei draed. Cychwynnodd wisgo'r croen am hwnnw fel cot fach. Cerddodd Martha heibio iddo gan ei anwybyddu.

Aeth at y storws, dringo'r stepiau slat, tynnu'r allwedd mas o'i phoced ac agor y drws. Gwthiodd y drws ar agor wrth i'r llygod ddiflannu i berfeddion y tywyllwch. Roedd y dwst yn serennu yn yr awyr fel petai'n wincio arni, a chamodd Martha i mewn. Roedd y storws fel mynwent o hen bethau: hen ddodrefn, cadeiriau ffansi nad oedd lle iddyn nhw yn y tŷ, magle, trapie llygod wedi rhydu, hen gyfrwy'r ceffyle gwedd oedd wedi hen adael y tir, pedolau maint platiau cinio, hen focsys bisgedi â lluniau pert o flodau a menywod prydferth arnyn nhw, yn llawn dop o sgriws a hoelion. Yn ara bach, daeth llygaid Martha'n gyfarwydd â'r tywyllwch. Ar hyd un wal roedd silffoedd pren yn sigo dan bwysau'r trugareddau. Brwydrodd Martha ei ffordd atyn nhw, ac ar y silff waelod roedd hen *oasis* blodau a llythrennau plastig yn sillafu enw. Roedd y blodau wedi hen wywo a'r *oasis* mor wyrdd â'r plastig o hyd. Roedd cwrlyn o ruban plastig pinc wedi'i glymu y tu ôl i'r llythrennau. Tynhaodd brest Martha. Symudodd ei bysedd ar hyd y silffoedd gan graffu i ganol yr annibendod a'i bysedd yn ddu gan y budreddi. Yna, daeth o hyd iddi – potel fach blastig wen a'i chap melyn yn llwyd dan y fflwcs. Tynnodd Martha ei bys ar draws y label gan ddatguddio'r print. Strychnine alkaloid (0.5%). Gwenodd. Dylai hwn wneud y job. Glanhaodd y dwst oddi ar y botel ac aeth i eistedd ar un o'r cadeiriau ffansi. Roedd ei chefn hi'n dost. Eisteddodd yno am ychydig gan gydio'n dynn yn y botel ac edrych ar y llythrennau plastig gwyrdd oedd yn dal i sillafu 'Mami' yn y tywyllwch.

Hen beth od yw Strycnin 'fyd. Ddim yn beryg nes iddo gael ei gymysgu â dŵr. Roedd lot o wenwyn fel 'nny – yn debyg i bobol, a gweud y gwir – yn hollol ddiniwed nes cael eu cymysgu â rhywrai eraill. Wedyn y byddai pethau'n mynd o chwith. Edrychodd ar y botel â'r copa melyn fel gwallt. Cymysgodd y powdwr heb anadlu, fel petai'n cymysgu grefi; gosododd y gwenwyn yn ei le a chau'r botel. Rhoddodd hi yn ei phoced a sychu'r ford â chlwtyn cyn ei daflu yn y bin sbwriel.

Clywodd Martha sŵn Jac a Judy'n dod i mewn i'r tŷ. Roedd hi wedi paratoi swper iddyn nhw'n barod a'i adael ar blatiau ar ben y stof. Doedd dim whant bwyd arni hi. Aeth i fyny'r llofft cyn iddyn nhw agor y drws, ac i mewn i'w hystafell.

Tynnodd ei dillad a gwisgo'i gŵn-nos cyn mynd at y ffenest a chau'r llenni. Roedd hi'n wyntog ofnadwy tu allan a'r brigau'n crafu trwy'r awyr. Clywodd y clebran a'r chwerthin uchel yn dod o'r gegin. Mae'r siŵr eu bod nhw'n mwynhau nosweithiau fel hyn, pan fyddai Sianco'n hwyr yn bwydo a Martha ddim yno. Diffoddodd hi'r golau a mynd i mewn i'r gwely wedi iddi gymryd ychydig o foddion at ei pheswch. Doedd hwnnw ddim wedi gwella a byddai'r ffaith nad oedd hi'n gallu gorffwys yn iawn ddim o unrhyw help. Roedd y moddion yn felys fel triog ar ei dannedd.

Pendwmpiodd yn dawel; o'r pellter clywodd Sianco'n mynd i'r gwely'n gynnar a thic-tician ewinedd Bob ar y landin. Roedd Sianco wedi cofio mynd ag e i'w stafell, fel y gorchmynnodd Martha iddo wneud. Roedd cwsg yn ei thynnu i lawr ac i lawr i berfeddion ticin y fatras. Roedd gwres arni, ond roedd hefyd ryw sicrwydd newydd ynddi y byddai'n cael llonydd o leia o hyn mla'n. Cafodd y cwsg melysa, a thryma a gafodd erioed, mor drwm a melys â'r moddion. Ymlaciodd pob asgwrn yn ei chorff a chysgodd nes bod ei haelodau'n teimlo'n drwm. Cysgodd fel corff, bron heb anadlu. Byddai hi'n cymryd tipyn i'w dihuno. Cysgodd mor drwm fel na chlywodd na theimlo Sianco'n dod i mewn i'r gwely ati ganol y nos ar ôl methu â chysgu, na chlywed Bob yn neidio ar waelod y gwely i gysgu'n gwrlyn. Chlywodd hi 'mo Jac a Judy'n gadael chwaith, fel yr arferai wneud. Edrychai'r babell ar y tŷ fel llygaid tywyll. Taflodd yr ystlumod eu cyrff fel bwledi o gwmpas y clôs a llofruddiwyd sawl llygoden gan y gath yn yr ydlan. Ond sylwodd mo Martha ar ddim byd.

Pennod 19

WYTH O'R GLOCH Y BORE a Martha'n hanner dihuno. Roedd hi wedi cysgu gymaint nes bod ganddi ben tost. Edrychodd draw i ochr arall y gwely a gweld y garthen wedi'i thynnu'n ôl; roedd ôl blewiach arni lle bu Bob yn cysgu ar waelod y gwely. Ceisiodd godi ei hun ar ei heistedd. Roedd hi'n gryfach heddiw, a'r bywyd wedi llifo'n ôl i'w chorff gyda phob awr ychwanegol o gwsg a gawsai. Roedd hi'n dawel fel y bedd lawr stâr. Sefodd ar ei thraed gan sylweddoli bod ei balans yn well hefyd. Aeth yn syth at y ffenest, agor y llenni ac edrych mas. Dim byd. Gwisgodd yn gyflym ac aeth i lawr y grisiau. Roedd platiau neithiwr yn dal ar y ford. Gwisgodd ei hesgidiau a'i chot fowr ac agor drws y bac. Roedd hi'n fore braf a'r haul oer fel clwtyn yn golchi'r clôs yn lân. Sylwodd fod y parlwr godro'n curo'n gyson fel calon yr ochr draw i'r clôs.

Aeth i ochr y tŷ ac i mewn i'r ardd. Edrychodd lle'r oedd yr hen badell yn gorwedd yn swta yn y borfa. Aeth i gefn y tŷ. Edrychodd o'i chwmpas. Dim sôn am ddim byd. Chwiliodd yng nghanol y llwyn rhododendron. Dim byd. Cerddodd ar hyd yr ardd. Dim byd ond pennau'r cennin Pedr yn codi'n un fyddin o'r ddaear. Dim brân, dim byd. Sefodd a phendroni am eiliad. Daeth ton o gywilydd drosti.

Aeth yn ôl i'r tŷ i gilrio'r llestri swper a dechrau paratoi'r brecwast. Clywodd sŵn y peiriant godro'n stopio a sŵn bwcedi'n taro yn erbyn ei gilydd wrth i Sianco fynd i fwydo'r lloi. Daeth sŵn tra'd trwm tuag at y tŷ.

"Bydd ise help heddi, dim ware, ma'n rhaid doso."

Roedd shwc lath yn llaw Jac. Rhoiodd honno ar y ford ac eistedd i lawr i edrych ar ryw bapurach ar y sgiw.

"Chi'n un dda am ddoso."

Bu bron i'r geiriau fwrw Martha ar ei hyd. Esgusodd whilo am y sosban.

"Allith honna ddim helpu chi de?"

"Os mai am Judy chi'n iapan, na allith, dyw hi ddim yn teimlo'n dda heddi."

"O, 'na drueni," atebodd Martha gan ollwng bacwn i lawr yn ara bach i'r ffreipan. Coginiodd y bacwn heb ddweud gair gan wrando ar dasgu'r saim yn y ffreipan. Daeth Sianco i mewn i'r tŷ a Bob yn dynn o dan ei got. Rhoiodd Martha blated bach o facwn ac wy o'i flaen ger y tân. Sefodd i roi maldod i Bob am unwaith, cyn troi ac estyn plât arall i Jac.

"Weloch chi ddim brân mas yn 'rardd bore 'ma, do fe?"

Cododd Jac ei lygaid.

"Beth yffach chi'n siarad ambwti, gwedwch?"

"Weloch chi frân mas yn 'rardd bore 'ma?"

Cydiodd Sianco'n dynnach yn Bob.

"Ma miloedd o'r diawled i ga'l ambwti'r lle 'ma; o'ch chi'n meddwl am un sbesial?"

"Un wedi trigo."

"Chi'n meddwl bod dim byd gwell da fi neud na 'whilo am frain sy wedi trigo? Un yn llai, 'na i gyd."

Aeth Jac yn ôl at ei frecwast cyn stopio ac edrych arni unwaith eto. Culhaodd ei lygaid.

"Pam?"

Gwthiodd Martha'r ffreipan i mewn i'r badell olchi llestri gan wneud i'r dŵr ynddi hi dasgu a chymylu'r ffenest mewn stêm.

"Dim rheswm."

Gwyliodd Jac hi â'i lygaid yn dal i leihau.

"Pam, be chi 'di neud?"

"Dim byd, dim ond meddwl ro'n i bod un i ga'l 'na ddoe, a bod dim sôn amdani bore 'ma, 'na i gyd."

Aeth yn ôl at ei fwyd. "Rhywbeth wedi'i byta hi, siŵr o fod."

Neidiodd calon Martha. "Ne ma hi 'di pydru," ychwanegodd Jac.

Sychodd Martha dop y stof ac roedd honno'n stemio dan damprwydd y clwtyn.

"Ddim mor gloi, o's bosib!"

Taflodd Jac ei gyllell a'i fforc i lawr. "Synnen i fochyn. Chi'n gwbod faint o adar sy'n hedfan ambwti'r lle 'ma? Chi erioed wedi sylwi ar rai sy wedi trigo? Heblaw bod nhw'n cal eu bwrw lawr, sylwech chi byth arnyn nhw."

Cododd Jac a mynd am y drws. Neidiodd Sianco mas o'i sedd a gwasgu Bob i mewn i berfeddion ei siwmper. Roedd hwnnw'n edrych yn bwdlyd reit am ei fod yn cael ei garcharu mor dynn dan y gwlân.

"Peidiwch bod yn hir fan'na, nawr te. Dowch mas mewn rhyw hanner awr a byddwn ni wedi'u ca'l nhw mewn erbyn 'nny."

Caeodd y drws a chafwyd distawrwydd yn y gegin.

Roedd Jac yn iawn, meddyliodd Martha, roedd 'na filoedd o adar yn yr awyr ond anamal iawn y sylwai hi ar un oedd wedi trigo, heblaw am ambell i un ar yr hewl. Ble ro'n nhw'n mynd i gyd? Cydiodd Martha'n y llestri brwnt a'u sleidro'n dawel bach i mewn i'r dŵr poeth yn y badell. Sychodd y ford. Falle bod nhw'n mynd i rywle arbennig i farw. Pendronodd Martha wrth sychu'r llestri'n ara bach. Tase hi'n aderyn, byddai hi'n hedfan i fyny ac i fyny mor uchel ag oedd hi'n bosib cyn marw.

Falle'i bod hi wedi pydru, ond mewn nosweth? Teimlai Martha bod ei nerfau yn ei bol yn llawn clymau. Roedd y frân bron fel pe na bai hi erioed wedi bodoli. Byddai hi'n hoffi cael gweld y corff, gweld y pluf a'r llygaid duon. Roedd geiriau Mami yn canu fel gwenyn yn ei phen. 'Watsha di'r stwff 'na... ma fe'n lladd saith gwaith, cofia, saith gwaith."

Aeth Martha at y drws a gwisgo'i welingtons a'i chot fowr. On'd oedd hi'n beth od, meddyliodd wrth godi clicied y drws bac, bod yr adar o gwmpas Graig-ddu i gyd, yn byw yn eu plith, ond anamal iawn ro'n nhw'n gadael dim ar eu hôl.

Pennod 20

"MARTHA!"

Neidiodd Martha. Roedd hi'n sgelcian yn yr ardd yn ceisio dod o hyd i'r frân.

"Martha!"

Roedd Jac â chroen ei din ar ei dalcen.

"Ie?"

"Ble ry'ch chi de?"

"Yn 'rardd."

Clywodd sŵn ei draed yn agosau.

"Yn lle?" gwaeddodd nerth ei ben.

Cododd Martha o'r tu ôl i lwyn. Tro Jac oedd hi i neidio.

"Ffycin hel fenyw, o's rhaid hela ofan ar rywun fel'na? Chi'n gwbod beth wedodd Dr Ifans."

"Be chi'n moyn?"

"Ble ma'r llyfre banc?"

"Be chi'n feddwl?"

"Llyfre 'y manc i. Principality a'r lleill."

"Shwt ddylen i wbod?"

Roedd gwyneb Jac yn gwelwi. "Wel, chi sy'n mynd â'r pethe mewn i fi."

"Ie."

"Wel, lle ma nhw?"

Roedd Martha'n awyddus i fynd yn ôl at ei chwilio. "Yn nrôr y dreser, ynta, lle ma nhw'n arfer bod."

"Dwi 'di edrych fan 'nny."

"Wel, sa i'n gwbod wedyn de."

Plygodd Martha ei chefen unwaith eto a chraffu i ganol y drysni.

"Iesu Grist, fenyw. Ma'r llyfre ar goll, y cwbwl lot, pob wan jac!"

Sythodd Martha ei chefen unwaith eto. Roedd wyneb Jac fel y galchen a'i ddwylo'n crynu.

"Y'ch chi wedi edrych yn iawn amdanyn nhw?"

"Do."

Cerddodd Martha mas o'r llwyni a dilyn Jac i'r tŷ. Edrychodd Martha yn nrôr y dreser. Dim sôn. Edrychodd yn nreiriau'r ford. Dim byd. Roedd Jac yn gwelwi gyda phob drôr gwag.

"Ma'r ffycin lot 'da fi yn y llyfre 'na. Galle unrhyw un ga'l yr arian mas, dim ond ise iddyn nhw fynd â nhw lan i'r Midlands ffor 'na a seino'n debyg i fi, a byddwn i'n ffycd."

Dechreuodd Martha bendroni. "Wel, es i mewn ag arian i chi ddoe pan es i'r dre, ac wedyn rhoies i nhw nôl fan hyn neithwr."

"Weles i nhw yn y drôr 'fyd, achos es i sieco bo chi wedi'u rhoi nhw'n saff."

"Pryd?"

"Ar ôl swper. Och chi yn y gwely, ro'dd Judy yn ca'l swper ac o'dd Sianco heb ddod i mewn."

"Gadawoch chi'r gegin unrhyw adeg?"

Cochodd Jac. "Be chi'n treial weud, gwedwch?"

"Wel, sdim ise mynd yn bell i weld pwy sy â dwylo blewog 'ma, o's e? Hi welodd chi'n eu rhoi nhw gadw ddiwetha, a dyw hi ddim wedi dod ma heddi, odi ddi?"

Gwelwodd Jac ac eistedd i lawr. "Na... byth... *Never*, neithe hi ddim."

Eisteddodd Martha hefyd.

"Neithe hi ddim rhywbeth fel'na, peidwch â bod yn... falle bod hi wedi mynd â nhw i edrych ar eu hôl nhw... neithe hi ddim..."

Roedd calon Martha'n curo'n drymach.

"Wel, gwell ichi fynd i'r dre er mwyn i chi roi stop ar bob un o'r cyfrifon 'na."

Roedd llygaid Jac yn neidio o un ochr ei ben i'r llall.

"Bydd ise i chi neud 'nny gynted ag y gallwch chi, heblaw bo chi'n rhy hwyr yn barod."

Cododd natur Jac. "Ffycin hel!"

Cododd o'i stôl a mynd am y drws. Aeth Martha ar ei ôl a'i wylio fe'n gadael. Neidiodd i mewn i'r 4x4 newydd â'i welingtons a'i got fowr yn gachu i gyd. Caeodd Martha'r drws wrth ei glywed yn sgrialu lan y lôn. Roedd Martha wedi bod yn disgwyl hyn ers misoedd; yn wir, roedd hi'n synnu ei bod wedi cymryd cymaint o amser i Judy gael gafael ar beth roedd hi eisiau. Dyna pam roedd Martha wedi rhoi ei chynilon hi mewn cyfrif arall fisoedd yn ôl. O'r diwedd, roedd Judy wedi dangos beth oedd hi. Gwenodd Martha.

Gorffod i Martha fynd mas i odro oherwydd bod Jac yn y dre. Doedd y da ddim yn or-gyfarwydd â hi ac roedd rhai o'r rhai ifanca'n dawnsio'n nerfus o droed i droed. Bu'n rhaid iddi neidio i'r ochr droeon ac fe ballodd un anner â rhoi ei lla'th o gwbwl. Ar ôl gorffen, aeth Martha i helpu Sianco i fwydo'r lloi er mwyn cael gorffen yn gynt a chael amser i baratoi swper arbennig. Golchwyd y bwcedi a daeth y ddau i'r tŷ. Eisteddodd Sianco wrth y tân a dechreuodd Martha bilo tato. Daeth sŵn dwfn y 4x4 tuag at y tŷ. Tynhaodd brest Martha. Agorwyd y drws a daeth Jac i mewn. Taflodd ei got fawr ar lawr a sylwodd

Martha fod bagiau plastig Tesco am ei welingtons.

"Wel, weles i rioed y fath ffws. Ffycin mynnu bo fi'n gwisgo bagie fel hyn dros y welingtons 'ma. Nath bach o gachu ddim drwg i neb!"

Tynnodd y bagiau a'r welingtons ac eistedd wrth y ford. Daliodd Martha ati i bilo. Doedd hi ddim am siarad gynta. Daeth sŵn car arall i'r clôs. Pilodd Martha'n gyflymach. Daeth Judy i mewn ac eistedd i lawr. Edrychodd Martha a Jac yn syn.

"What the fuck are you looking at? God, I've felt like crap all day, must have caught your filthy bug." Edrychodd ar Martha. *"Or it could have been your cooking last night."*

Taflodd Martha'r gyllell i lawr yn y sinc. *"How dare you?"*

Edrychodd Judy arni mewn syndod.

"How dare you come here after what you've done? I don't know how you've got the face."

"Do'dd dim byd wedi mynd o'r banc, Martha."

Edrychodd Martha arno. "Ie, a be ma 'nny fod brofi? Ma nhw siŵr o fod 'da'r rhacsyn mab 'na s'da hi ar 'u ffordd i Birmingham rhywle."

"What the hell is she going on about now?" gofynnodd Judy i Jac yn ddiamynedd. Edrychodd Jac ar Martha wedyn ar Judy ac wedyn ar y ford.

"It... It's... just that my bank books have gone missing."

"And I don't think we need to look very far to see who has taken them either," ychwanegodd Martha â thaten yn dal yn ei llaw.

Edrychodd Jac ar Judy. Cochodd y ddau. Dechreuodd hi grynu.

"And you think," cychwynnodd, *"you think I'm a*

thieving little slapper, do you?" Edrychodd ar Jac a'i llygaid yn fflamio, *"I can understand it from her but from you, Jac?"*

Astudiodd Jac y ford a gwasgodd Martha'r daten nes bod ei bysedd yn wyn.

"J... J... J..."

"Ca' dy ben, Sianco," gwaeddodd Jac arno.

"Fine," cododd Judy ar ei thraed, *"that's just fine, I'm here feeling like shit and then this..."* Cerddodd at y drws a'i gau'n glep ar ei hôl. Gwrandawodd y tri ar injan y car yn tanio a'r sŵn yn diflannu i'r nos.

Cododd Sianco ar ei draed a dod at y ford. Agorodd ei got ac estyn i'w boced. Tynnodd pedwar llyfr banc o'i berfeddion a'u rhoi ar y ford. Roedd ei ddwylo'n siglo.

"O... o... o... o'n ni'n cadw nhw'n sssssssssssaff. Do'dd y drôr ddim wedi cau'n i... i... i... iawn, ro'n i'n o... o... o... o... ofan eithe rhywun â nhw..."

Pennod 21

GWTHIODD MARTHA fys i geg yr oen. Roedd e wedi sythu. Cydiodd mewn hen ddarn o garped a'i ddefnyddio i leinio ffwrn waelod y stof. Rhwbiodd yr oen â hen dywel cyn ei roi i orwedd yn y stof i gynhesu. Roedd yr oen yn wlyb ac yn ymestyn ei ben mas weithiau mewn pyliau, ond doedd dim pwynt ei fwydo nes ei fod wedi twymo tipyn bach. Aeth Martha mas i'r lleithdy a thynnu cwdyn o laeth torro oren mas o'r rhewgell a'i osod mewn sosban ar yr hotplet. Paratôdd baned er mwyn ei hyfed wrth aros i'r llaeth ddadleth. Roedd hi'n rhewi y tu allan ac roedd y leino'n wlyb wrth i'w hesgidiau gario'r powdwr gwyn i mewn a hwnnw'n toddi'n ddŵr brwnt dros y llawr. Sylwodd Martha ar bâr o welingtons llwyd wrth y drws.

Fel yr eira, dechreuodd pethe'n ara. Cot fowr ddierth ar hoelen drws y bac, welingtons llwyd ar garreg y drws, siwmper wedi'i gadael ar y sgiw. Yn y diwedd, roedd pethau Judy wedi newid golwg y tŷ'n gyfan gwbl. Edrychodd Martha ar y siwmper a adawyd yn y fan a'r lle. Fel arfer, byddai hi wedi ei chymhennu hi o'r ffordd ond doedd Martha ddim eisiau cydio ynddi a honno'n drewi o arogl mwg sigarets. Doedd y newid ddim wedi'i gyfyngu i'r tŷ. Roedd 'na fandiau gwallt lliwgar o gwmpas ger stic y 4x4, a ffedog blastig newydd yn y parlwr godro. Daeth sŵn gwan o'r stof gan atal y llif meddyliau.

Gorffennodd Martha ei the ac arllwys y llaeth torro i mewn i botel babi, sgriwio'r diti ar ei phen ac eistedd ar bwys y tân. Gwnaeth yn siŵr nad oedd yn rhy boeth drwy roi ychydig ohono ar ei garddwrn cyn estyn am yr oen a'i lapio yn y tywel rhag ofan iddo ddwyno'i brat. Agorodd geg yr oen gyda dau fys ei llaw chwith a gwthio'r diti i mewn i'w geg gyda'r llaw arall. Gwasgodd ychydig laeth i lawr ei wddwg er mwyn iddo gael blas arno. Dechreuodd yr oen siglo'i ben a sugno'n wanllyd. O leia, meddyliodd Martha, fyddai dim rhaid rhoi tiwben i lawr ei wddwg a'i fwydo fel 'nny.

Roedd ei fam wedi trigo a Sianco wedi ei ffindio'n gorwedd yn glòs wrth ei hochor yn cysgu. Fydde fe ddim wedi para'n hir yn y tywydd ma. Fel arfer bydden nhw'n gorwedd yno am ryw ddau neu dri diwrnod cyn bydde'r chwant am fwyd yn cario arnyn nhw. Wedyn, bydden nhw'n ceisio dechre pori neu fwyta cêc a byddai rhai ŵyn yn byw, ond nychlyd fydden nhw a fydde byth daioni'n dod ohonyn nhw. Sychodd Martha ei ben a thynnu'r cwrls manedd oedd ar ei wddwg ac o gwmpas ei glustie. Roedd e'n oen cryf ac fe ddeuai ato'i hun gydag ychydig bach o ofal. Cododd swigod i dop y llaeth wrth iddo sugno a rhwbiodd Martha dop ei ben-ôl er mwyn ei ddenu i sugno. Pan fyddai oen gyda'r fam, byddai top ei gwt mewn lle cyfleus iddi ei oglys ac fe fyddai'r cyffyrddiad yn ei annog i yfed. Synnai Martha at yr effaith a gâi hyn ar yr ŵyn. Sugnodd yr oen yn fwy awchus. Gwenodd Martha a chyffwrdd ei ben â'i gwefusau. Gorffennodd yr oen y lla'th a magodd Martha fe am dipyn.

Doedd dim sŵn yn dod o'r tu allan gan fod y pluf gwyn wedi mogi popeth. Byddai rhai pobl yn meddwl bod eira yn dod â thawelwch ond, i Martha, dechrau'r disgwyl oedd hynny. Roedd hi wastad yn teimlo bod rhywbeth yn mynd i ddigwydd ar ôl yr holl dawelwch, ac nad jest eira oedd hynny. Edrychodd mas drwy'r ffenestr. Gwelodd Jac a Sianco'n ceisio dadleth peipiau dŵr y parlwr mewn bwcedi ar y clôs. Roedd Sianco wedi anghofio eu gadael i ddripian ac roedd y cwbwl wedi rhewi'n gorn, a Jac o ganlyniad mewn hwyliau drwg. Roedd Sianco'n dawel hefyd ar ôl cael llond pen gan Jac ar ôl iddo dreulio orie'r bore ar y Banc Mawr yn sleidro i lawr yr oledd ar hen fonet car. Daeth i'r tŷ am un ar ddeg yn wlyb sopen ac roedd ei ddillad uwchben y stof yn cael eu sychu. Ar hyn o bryd, roedd e'n gwisgo trowser ei siwt a hen siwmper flodeuog a fu'n perthyn i Martha. Gwenodd Martha wrth ei weld yn cerdded â'i goese, led llathen oddi wrth ei gilydd. Roedd yn amlwg bod ofan arno y byddai baw oddi ar ei welingtons yn cario i fyny ar hyd ei drowser. Sylwodd Jac arno'n cerdded yn gomig a rhoddodd glipen iddo ar draws ei glust. Chwerthodd Martha ar Sianco'n ceisio dilyn cyfarwyddiadau Jac gan sefyll â'i goesau'n bell oddi wrth ei gilydd yn union fel y byddai'r oen bach yn ei wneud mewn sbel wrth ddechre cerdded. Roedd yr oen yn cysgu.

Cododd Martha a'i osod mewn bocs cardbord gyda'r tywel dan ei ben-ôl. Llusgodd y bocs draw o flaen y tân. Roedd ei wlân yn dechrau sychu'n donnau tyn, gwyn a'r cryndod wedi mynd o'i fol. Gwyddai Martha y byddai'n ffindio'i draed o fewn yr awr ac yn dechrau baglu pawb o gwmpas y gegin.

Gobeithio y cymrai rhyw ddafad arall yr oen yn lle bod rhaid iddi hi ei fagu e'n swci, ond roedd wyna'n dod i ben a'r dewis o fame'n prinhau. Roedd Martha wedi edrych rhwng ei goese fe'n barod i weld ai gwryw neu fenyw oedd e, ond yn anffodus gwryw oedd e. Roedd hyn yn broblem bob blwyddyn pan fydde Sianco'n eu magu. O leia os mai benyw oedden nhw gallai Martha ddwyn perswâd ar Jac i'w cadw, ond roedd yn rhaid eu hanfon i'r lladd-dy fel arall. Bob blwyddyn byddai Jac yn gorfodi Sianco i gerdded i mewn i'r treiler er mwyn i'r ŵyn swci ei ddilyn yn ufudd. Yn y lladd-dy bydden nhw'n aros wrth y giât, yn sicr nad yr un ffawd fydde iddyn nhw â'r ŵyn eraill. Bob blwyddyn byddai Sianco'n llefen nes ei fod yn sâl. Roedd Martha'n hanner ame bod y tri oen swci a gollon nhw y llynedd wedi cael help i fynd dros y ffens i Dyddyn Gwyn at Wil. Doedd Sianco druan ddim yn sylweddoli y bydden nhw'n cyrraedd rhewgell hwnnw cyn gynted ag y bydde'u carne nhw'n glanio ar yr ochr draw. Aeth Martha ati i fatryd cabetsien ar gyfer cinio.

"Martha!" daeth llais Jac o'r tu allan.

Sychodd ei dwylo ar ei brat ac aeth am ddrws y cefen. Tynnodd ei chot am ei hysgwyddau gan obeithio peidio â bod yn hir. Agorodd y drws.

"Martha! Dewch i weld hwn!"

Cymrodd Martha bwyll wrth gerdded dros y slaben a honno'n slic fel gwydr. Roedd lleisiau Jac a Sianco'n dod o waelod yr ardd. Cerddodd Martha'n ofalus rownd y gornel i weld Jac a Sianco'n sefyll o gwmpas corff ar y llawr. Edrychodd Martha ar y ddau yn edrych i lawr ar y cadno wrth eu traed.

"Beth yffach ga'th hwn, gwedwch?" meddai Jac gan ei gicio yn ei ochr. Roedd y cadno'n un mawr, cryf, pert a'i flewyn coch yn llachar yn erbyn yr eira. Roedd brain wedi mynd â'i lyged yn barod a rhywbeth wedi ymosod ar ei fol. Trodd stumog Martha.

"Sa i'n gwbod, Jac," wedodd Martha a chryndod yn ei llais.

Lladd saith gwaith, dyna ddywedodd Mami.

Pennod 22

AGORODD JAC Y CWT a gadael i Roy fownsio fel pêl o gwmpas y clôs. Doedd Roy byth yn neidio i fyny, achos mai maners gwael fyddai hynny. Ar ôl arddangosfa o lawenydd fe glosiodd at ei feistr, glynu'n dynn wrth ei goesau ac edrych yn awyddus i'w wyneb. Cerddodd Jac a Roy i ffwrdd gan adael y cŵn eraill i snwffian yn awchus dan y drysau. Roedd wyna'n dirwyn i ben, ac ar ôl rhyw wythnos swci sigledig, roedd yr ŵyn wedi lledu'u cefne ac yn dechre mentro i chwarae'n fyrlymus yng nghwmni'r ŵyn eraill. Bob blwyddyn bydden nhw'n chwarae'r un gêmau. Yn rhedeg fel ffylied yr holl ffordd ar hyd y clawdd yn un don cyn torri'n ewyn o wlân gwyn yn y corneli, neu'n neidio ar ben rhyw ddafad a oedd yn gorwedd gan edrych i lawr ar y gweddill. Doedd neb yn eu dysgu; doedd dim ŵyn tew ar ôl erbyn hyn a byddai'r rheini wedi hen newid eu ffyrdd gan osgoi unrhyw wastraff egni. Bob blwyddyn, yr un gêmau a'r un reddf. Cyrhaeddodd Jac a Roy y ca' a thynnodd Jac y tsiaen dros y postyn. Fel pe bai am ddangos ei faners, fe arhosodd Roy yn amyneddgar i Jac hercian drwy'r giât cyn ei ddilyn yn ufudd reit. Roedd ei lygaid eisoes wedi'u cloi ar y defed wrth i Jac ailosod y tsiaen am y postyn.

Roedd llond y ca' o ŵyn a defed, yn singlers ac yn ddyblers drwyddo draw. Y dasg oedd agor y giât bella i mewn i'r ca' arall, dethol y singlers oddi wrth y dyblers ac anfon y dyblers trwy'r giât i'r ca' nesa. Cerddodd Jac am y giât yn y pen draw a Roy wrth ei gwt fel siafyn o haearn wrth fagned. Roedd y borfa fer wedi'i fritho â dom defed a brale' o wlân fel poer ar hyd y weiren bigog o gwmpas y ca' lle'r oedd ambell i ddafad wedi ceisio gwthio'i hun i mewn i'r caeau cyfagos gan feddwl bod y borfa'n wyrddach. Agorodd Jac y giât. Roedd yr ŵyn yn dal i chwarae mewn gangiau ac roedd hi'n amhosib gwybod pa ddafad oedd yn perthyn i ba oen neu ŵyn. Aeth Jac i sefyll yng nghanol y ca' â'i gefen tuag at y giât agored. Pwysodd ar ei ffon. Roedd Roy'n tacluso'r defed wrth iddyn nhw fwrw am y giât agored a'u cyrchu'n ôl o flaen llygaid Jac. Chwibanodd Jac ac ymddangosodd Roy wrth ei sawdl. Edrychodd mo Jac arno, ond roedd yn medru teimlo ei fod yno. Byddai Jac yn chwibanu yn lle defnyddio geiriau fel 'awê' a 'cym bei' erbyn hyn er mwyn osgoi gwddwg tost, a'i gwneud yn bosib i Roy ei glywed pe bai'n gweithio ymhellach i ffwrdd heb i'r gwynt ymyrryd. Edrychodd Jac ar y defed. Chwiban arall. Cododd Roy a symud fel y dŵr.

Gwyliodd Jac ef yn gweithio, gan ollwng chwibanad fach bob nawr ac yn y man, a honno'n hongian yn yr awyr fel ebychnod rhwng y mistir a'r ci. Byddai Roy yn mynd yn ddigon agos at y defed i'w cythryblu fel eu bod yn galw a chwilio am eu hŵyn. Wedyn, ac yntau'n hapus pa oen oedd yn berchen i ba ddafad, byddai'n eu hollti oddi wrth y grŵp. Ar ôl iddo gael y rhai cynta trwyddo, roedd Roy yn dilyn y patrwm. Byddai'n cerdded pob dafad a'i hŵyn, heb eu gwylltio'n ormodol, heibio i Jac a thrwy'r giât y tu ôl iddo.

Roedd Jac wrth ei fodd yn ei wylio. Myfyriodd wrth bwyso ar ei ffon gan fwynhau'r teimlad o fod yn rhan o ryw bartneriaeth nad oedd yn rhaid ei hesbonio. Partneriaeth reddfol a oedd yn hollol naturiol. Dim ond dau gi da fel hwn gafodd Jac erioed. Scotsh oedd y llall hefyd, sef Glen. Ci â chlustiau brith lliw pupur a halen a blewyn byr, sgleiniog. Byddai Jac yn rhoi wy iddo fe bob nos i'w gadw fe'n siarp. Roedd 'da hwnnw'r un pen hefyd, tri blewyn hir dan ei ên a'r un meddwl cyflym.

Pan welodd Jac ddafad gloff yn mynd heibio iddo, chwibanodd a holltodd Roy y grŵp bach oddi wrth y lleill. Edrychodd Jac ar y ddafad; roedd Roy yn sefyll y tu draw iddi. Edrychodd Jac i mewn i lygaid Roy ac yntau'n edrych yn ôl. Chwibanodd Jac a chydiodd Roy yng ngwlân ei gwddwg a'i thynnu i'r llawr. Gorweddodd hi yno'n cicio a Roy, chwarae teg, yn pallu'n deg â'i gadael yn rhydd. Roedd ei hŵyn yn brefu o dan goesau Roy yn rhywle gan nad oedd ofn ci arnyn nhw hyd yn hyn. Gollyngodd Roy hi pan oedd yn sicr bod gafael gan Jac arni a throiodd hwnnw hi drosodd i edrych ar y carn. Roedd y ddafad yn anadlu'n drwm o dan benelin Jac wrth iddo wasgu i mewn i'w hochor. Roedd yr ofan yna yn ei llygaid, yr ofan gwyllt hwnnw na ddeallai Jac. Byddai'n treulio'i holl amser yn edrych ar ôl ei anifeiliaid yn ofalus, ond roedd yr ofan yna yn parhau o hyd. Meddyliodd Jac am lygaid Sianco pan fwrodd e yn y gegin. Cofiodd Jac yr olwg yn ei lygaid. Roedd Roy yn sefyll ar bwys yn siglo'i gwt ac yn edrych yn bles. Gadawodd Jac y ddafad i fynd ac aeth yn ôl i ganol y ca'.

Roedd Glen yn amddiffynnol iawn o Jac. Dim mewn ffordd gas, ond mewn ffordd ffyddlon dros ben. Pan fyddai Sianco'n ei bryfocio byddai e wastad yn edrych ar Jac er mwyn cael caniatâd cyn rhoi cnoiad fach iddo. Fyddai e byth yn cnoi'n gas, dim ond atgoffa Sianco bod ganddo'r gallu i wneud hynny petai eisiau. Byddai Glen hefyd yn cerdded rhwng Jac a Gwen. Deuai teimlad trwm dros Jac pan fyddai'n meddwl amdani. Pan ddechreuon nhw garu, byddai Glen yn cyfarth arni ac yn pallu setlo nes y byddai hi wedi mynd am adre. Ar ôl rhyw chwe mis byddai'n fodlon iddyn nhw ddal dwylo, ond fe fyddai'n cerdded rhyngddyn nhw o dan y ddwy law. Byddai e hefyd yn eistedd rhyngddyn nhw ar y sgiw. Dim ond Glen gafodd ddod i'r tŷ eriod. Roedd Mami yn gweud ei fod e fel cael dyn arall ambwti'r lle ar ôl i Dat farw. Chafodd Gwen ddim dod i'r tŷ rhyw lawer ar ôl hynny. Doedd hi ddim yn ffit, wedodd Mami. Ddim yn ddigon da. Hen nyrs fel'na. O'dd sôn am bob un o'r rheini eniwe a fydde hi ddim yn hir cyn i ryw ddoctor, â gwaith glân heb ddim baw a stecs, droi ei phen. A pha iws fydde rhywun oedd yn cadw orie fel'na ar ffarm eniwe? Fydde hi ddim ambwti'r lle pan fydde angen bwyd a bydde hi'n rhy ffysi ambwti babis. Doedd hanner merched y pentre fel'na ddim yn gwbod eu geni. Ro'dd golwg ffit arni, a sdim dowt bydde hi'n gwario a gwario ar fflwcs. Gormod o swanc i ddim byd ac roedd hwnnw'n costio on'd o'dd e? Y mêc-yp a'r sothach 'na i gyd. Sut galle Jac dalu am bethe fel 'na? A chi'n gwbod be ma nhw'n 'i weud am fenwod y powdwr a phaent 'ma. Wel na fe de. Ac fel 'nny buodd hi.

Roedd Roy yn dethol yn gyflym ac wedi dod â'r rhif i lawr i tua dwsin. Sylwodd Jac fod un ddafad wrth y claw' ac oen newydd wrth ei thraed. Detholodd Roy y rhai ola a chaeodd Jac y giât. Penderfynodd Jac adael i'r oen newydd aros yn y ca' am y nos. Aeth i edrych arno gyda Roy'n ei ddilyn fel cysgod. Roedd y ddafad yn galw'n isel isel arno fel pe bai hi'n clirio'i gwddwg. Ymbalfalodd yr oen wrth ei thraed yn ei got o sleim melyn gan siglo'i ben fel pe bai mewn sioc cyn dechrau chwilio'i draed. Dechreuodd y fam ei lyo a'i llygaid wedi'u serio arno gan anwybyddu Jac a Roy yn sefyll ddeg llath i ffwrdd. Roedd y brych pinc yn hongian fel sgarff sidan o'i phen-ôl ac yn llusgo ar y llawr pan symudai hi gan godi rhyw fflwcsach oedd yn glynu wrthi. Edrychodd Jac ar y ddau'n dawel.

Mi ga'th Gwen blentyn, crwt bach. Na'th hi'n dda 'fyd. Paso'n Sister a chwbwl, o be alle Jac ddeall o'r papur bro. A'th hi i fyw yn Mason's Row. Mechanic oedd e. Roedd gwaith brwnt 'da fe 'fyd. Bydde hi wedi gorffod golchi'i ddillad a rheini'n olew ac yn faw i gyd.

Troiodd Jac am y giât a cherdded yn ara am y tŷ.

Pennod 23

"WATSHIA DY BEN, nawr de, a phaid â gadel fynd ne bydda i ar 'y mhen-ôl ar waelod y stâr."

Cerddodd Martha'n sigledig am yn ôl i lawr stepiau'r stordy. Roedd sgerbwd y bwgan brain yn gorwedd fel claf rhwng ei breichiau hi a rhai Sianco, a hwnnw'n canolbwyntio ar bopeth roedd Martha'n ei ddweud. Heuwyd y barlys i'r dwst, a deng niwrnod yn ddiweddarach roedd gwrid gwyrdd ar foche Ca' Marged a chlwstwr o frain yn neidio fel geiriau bach du ar hyd canghennau'r coed cyfagos.

"Rho fe lawr nawr te'n ofalus."

Gollyngwyd y corff i'r llawr. Roedd Sianco wedi ei lapio mewn carthen dros y gaea am ei fod yn ofni y byddai e'n oer yn y stordy. Edrychodd Martha arno. Roedd y corff yn dirywio gyda phob datgladdiad blynyddol, y cnawd gwellt yn dod oddi ar yr esgyrn pren a'r perfedd yn arllwys mas o'r siaced dywyll. Roedd golwg bron â llefen ar Sianco.

"Dere nawr te, inni ga'l 'i wella fe a'i godi e lan, ne fydd dim had ar ôl yn y ca' na."

Daeth Martha â gwellt glân o'r ydlan a thynnodd Sianco linynnau o gordyn bêls mas o'r bêls bach. Roedd Sianco'n dechrau cynhesu at y gwaith ac aeth ati'n dawel gyda chornel ei dafod yn binc wrth ochr ei geg a'i swch yn dynn gyda'r ymroddiad. Fe dewhaodd y bwgan wrth gael ei lenwi â gwellt, a sythodd y groes yr oedd wedi cael ei groeshoelio arni. Bob nawr ac yn y man byddai Bob yn ymddangos wrth ei ochr gan ddwyn cyllell neu ddarn o gordyn a'u cario i ffwrdd, gyda Sianco'n rhedeg ar ei ôl yn llawn sbort. Gwyliodd Martha fe'n gweithio ac yn 'twt twtio' pan ddeuai ar draws twll roedd rhyw lygoden wedi ei wneud yn nefnydd siaced y bwgan. Roedd Martha a Sianco wedi rhoi dillad newydd iddo ryw bedair blynedd yn ôl ond roedd y cwbwl yn edrych yn shabi erbyn hyn. Roedd Sianco wedi paentio wyneb newydd arno hefyd gyda nod defaid, ond roedd hwnnw wedi rhedeg nawr nes bod yr wyneb yn edrych fel petai'n waed i gyd. Ar ôl bwrw hoelen neu ddwy i mewn i gadw'r bwgan ar y styllod, roedd y trawsnewidiad yn gyflawn. Codwyd y bwgan ar ei draed a'i roi i bwyso ar wal y beudy. Edrychodd Martha arno gan wenu, ac roedd Sianco'n wên o glust i glust. Ar ôl hoe fach fe'i rhowliwyd e unwaith eto i mewn yn y garthen a chydiodd Martha a Sianco ym mhob pen gan orymdeithio am Ca' Marged. Roedd yn rhaid iddyn nhw gael hoe fach bob nawr ac yn y man er mwyn i Martha gael ei hanadl. Meddyliodd Martha am holi Jac a allai e fynd â'r bwgan lan i'r ca' ym mwced y tractor, ond roedd e gyda Judy ac wrth ail feddwl teimlai mai ei gario oedd y peth hawsa wedi'r cwbwl. Bob tro byddai Martha'n cael pum munud byddai Sianco'n eistedd ar y lôn a phen y bwgan yn ei gôl yn adrodd yn uchel enwau'r blodau a oedd yn tyfu yn y clawdd.

"Botwm crys, clyche'r gog."

Roedd hi'n fwynedd, a Martha'n cael trafferth cario'r bwgan.

"Llygad llo bach, Mari Llyged Glas."

Hoe fach arall: "Llygad Doli, Llygad y Dydd."

Roedd cot o chwys ar dalcen Martha wrth iddi ailgydio a dechrau eto. Teimlodd ei chorff yn trymhau. Wrth droi i mewn i'r ca' fe gododd dege o frain fel pryfed oddi ar abo. Cerddodd y ddau yn ara i mewn i ganol y ca' gan ddilyn un llwybr yn y gobaith o beidio ag aflonyddu gormod ar yr had. Sylwodd Martha fod y brain wedi setlo'n un cwmwl du bygythiol ar y dderwen fawr. Roedd Jac wedi palu twll i'r bwgan yn y bore, felly dim ond ei wthio i mewn iddo roedd ei angen. Roedd postyn hir wrth y bwgan er mwyn gallu 'i roi i lawr yn ddwfn yn y ddaear a sicrhau y byddai'n ddigon saff rhag y gwynt. Cododd Martha a Sianco e ar ei draed a'i wthio i mewn i'r pridd. Dalodd Martha fe ar ei draed tra bod Sianco'n troedio'r pridd i mewn o'i gwmpas yn galed. Ar ôl iddo orffen cydiodd Martha ynddo a'i siglo. Roedd e'n ddigon sownd.

"Be ti'n feddwl, Sianco?"

"M... m... m... ma fe'n bert," atebodd hwnnw gyda gwên fawr. Troiodd Martha ei phen ac edrych y tu ôl iddi. Roedd y brain wedi gwasgaru ymhellach i ffwrdd ac roedd rhai'n clwstwra ar y llinell drydan mewn rhes, fel brawddeg hir. Teimlodd Martha 'ddi'n oeri.

"Ti'n gwbod beth?" Oedodd Martha gan edrych i fyny ar y bwgan, un llygad ar gau a llaw dros ei haeliau. "Dwi'n credu bod ise het arno fe."

Cydiodd Sianco yn y syniad yn syth a goleuodd ei lygaid.

"Cer i hôl un o'r tŷ, ma hen un Jac yn y lleithdy."

Gwenodd Sianco arni ac edrych i'w llygaid fel petai'n disgwyl cael caniatâd. Nodiodd Martha arno cyn edrych i gyfeiriad y tŷ, a rhedodd Sianco nerth ei draed gyda'i chwerthin yn codi fel y dwst o gwmpas ei sodle. Gwyliodd Martha fe'n mynd – ei feddwl ar wisgo'r bwgan – ac yna edrychodd ar y llawr. Roedd pennau bach y barlys yn codi fel blew anifail trwy'r pridd brown gole, ac wrth i'r haul suddo gallai Martha edrych ar wyneb y bwgan heb grychu'i llygaid. Roedd y pen yn lolian fel pe bai'n ymlacio ac yn pendwmpian yn yr haul. Meddyliodd a fyddai hwn

yn ddigon i gadw'r brain oddi ar y tir. Llynedd, fe fuodd
Martha mas yn saethu brain a'u hongian ar ganghennau'r
coed cyfagos ond doedd hynny ddim wedi eu herlid yn gyfan
gwbwl. Bydden nhw'n cilio am rai dyddie, ond wedyn yn
dod yn ôl yn un pla a'u sŵn yn crafu trwy'r awyr. Rhwbiodd
ei breichiau wrth iddyn nhw oeri, â'r blew arnyn nhw'n codi
run peth â'r barlys trwy groen y cae. Roedd Sianco'n hir
yn dod nôl. Roedd y chwys ar gefn Martha'n gwneud iddi
grynu bellach a phenderfynodd droi am y tŷ.

Mae'n siŵr bod Sianco wedi mynd ar drywydd arall.
Welodd Martha ddim byd tebycach i gi hela na Sianco.
Yn dilyn un syniad nes bod un arall yn disodli'r sent yn ei
ben a'i anfon ar drywydd arall. Cerddodd Martha'n ôl ar
hyd y llwybr bach gan gymryd ei hamser. Roedd y brain
yn cadw draw o hyd. Edrychodd ar y blodau yn y cloddie
ar y ffordd nôl gan geisio cofio'u henwe. Dat oedd wedi
dysgu Sianco. Chafodd Martha erioed mo'r cyfle, roedd
hi wastad yn rhy brysur yn gweithio. Bydde fe'n eistedd
gyda Sianco yn y clawdd yn cwato gwahanol flode tu ôl
i'w gefen ac yna'n eu disgrifio fel bod Sianco'n dod yn
gyfarwydd â'r gwahanol fathau ac yn medru dyfalu eu
henwau o'r disgrifiadau mwya sgant. Ei hoff flode hi
oedd blodau'r eithin. Welodd Martha mo lliw melyn yr
eithin wedi'i ail-greu'n berffaith mewn unrhyw le erioed.
A'r arogl! Doedd dim byd tebyg iddo. Roedd e'n egsotig,
fel menyn, fel cnau coco, yn wir doedd dim byd arall yn
y byd yn debyg iddo fe. Tase hi wedi cael ffrog erioed, un
felen fydde hi wedi'i phrynu. Cyrhaeddodd y clôs ac aeth
at y stordy i gloi'r drws.

Yn sydyn rhewodd Martha a saethodd pinnau bach
drwyddi i gyd. Roedd sŵn sgrechian fel lladd mochyn
yn llenwi'r clôs. Trodd ar ei sawdl a rhedeg, fel y gallai
hi, tuag at y tŷ. Roedd sŵn Sianco'n sgrechen fel tynnu

ewinedd i lawr bwrdd du i Martha. Roedd hi'n ei garu fel mam. Agorodd y drws a sefyll yn stond.

"Beth ro't ti'n neud, y ffycer bach?"

Roedd dryll ar ysgwydd Jac a hwnnw wedi'i anelu at Sianco. Daeth Judy mas o'r parlwr yn botymu 'i sgert a sythu'i gwallt.

"You're a right little pervert, aren't you?"

"Jac, be chi'n neud?"

"Be o't ti'n neud, y ffycer?"

"Rhowch y dryll i lawr, Jac. Rhowch y dryll 'na lawr!"

Roedd Sianco'n sgrechen a'i lygaid yn wyllt. Roedd e'n methu'n lân â chael ei anadl. Gwasgai ei chest gydag un llaw a sgriwio'r het yn y llall wrth i'r dagrau gwympo.

"Beth sydd wedi digwydd? Rhowch y peth 'na lawr, Jac!"

"Hen ffycer bach brwnt yw e! Fe ladda i di, ti'n clywed?"

"Beth nath e?"

"Be chi'n feddwl nath e? Watsho ni fel mochyn bach."

"Watsho beth?"

Roedd Jac yn crynu a'r dryll yn dal ar ei ysgwydd.

Doedd Judy ddim hyd yn oed yn ceisio tawelu Jac. Closiodd hwnnw at Sianco gyda'r dryll yn agosáu at ei ben. Cwympodd Sianco ar ei benigliniau gan sgrechian yn uwch.

Symudodd Martha tuag at Jac, ond fe droiodd fel top i'w hwynebu ac anelu'r dryll ati hi.

"Jac!" Sythodd Martha'i chefn.

Roedd llygaid Jac yn goch ac yn neidio'n ôl ac ymlaen rhwng wyneb Martha a Sianco, ei anadlu'n drwm a chwys yn dripian o'i wallt. Sylwodd Martha fod ei gopys yn dal ar agor.

"Jac! Beth se Mami yn eich gweld chi nawr?" Treiddiodd geiriau Martha'n ara bach trwy'r niwl at Jac.

"Nethen i ffafr â ni i gyd se'n i'n cal gwared arno fe!"

"Jac achan, chi'n hela ofan arno fe!"

"Nethen i ffafr â phawb; fydde dim ise watsho'r ffycer drwy'r amser wedyn, fydde fe?"

Roedd hyd yn oed Judy wedi dechrau cilio am yn ôl ac wedi diflannu i mewn i'r lleithdy.

"D... d... dim ond..."

"Ca' dy ffycin ben... Ca' dy ben... "

"h... h... hôl yr het," meddai Sianco gan gau ei lygaid mewn ofn.

Dechreuodd dagrau lifo o lygaid Martha ac ymledodd patshyn gwlyb o dan ben-ôl Sianco.

"Dim ond dou o'ni fydde ar ôl wedyn, a sdim lot 'da ni i fynd eniwe."

Sefodd y tri mewn triongl, a'r unig sŵn oedd dagrau Sianco'n pit-patio ar y llawr.

"Jac, plîs, plîs rhowch y dryll 'na gadw; fydde Mami ddim ise hyn. Beth bynnag nath hi, fydde hi ddim ise hyn!"

Dechreuodd Jac anadlu'n hirach ac fe deimlodd Martha bresenoldeb Mami rhwng y tri.

Yn ara bach, fel pe bai mewn breuddwyd, tynnodd Jac y dryll oddi ar ei ysgwydd. Sylwodd Martha fod dagrau yn llygaid ei brawd mawr hefyd – y tro cynta iddi weld dagre yn ei lygaid ers blynyddoedd. Gwasgodd nhw i ffwrdd yn galed â'i fys bawd. Teimlodd ei gopys â'i law chwith a thynnodd hi ar gau. Roedd y patshyn gwlyb yn ymledu ar y leino. Symudodd Jac a theimlo y tu ôl iddo am rywle i eistedd cyn rhoi ei ben-ôl i lawr. Roedd ei anadlu'n dal yn drwm ac yn ffyrnig a'r chwys wedi cronni ar ei goler. Cododd Sianco'n dawel bach gan geisio cuddio'r gwlyborwch oddi tano. Roedd y cap yn dal yn ei ddwylo ac fe redodd nerth ei draed am mas. Cydiodd Martha mewn clwtyn a sychu'r llawr cyn i Judy ei weld. Gwyliodd Jac hi a'i lygaid yn bell, bell i ffwrdd.

"Dyw e ddim yn deall, Jac." Sychodd Martha'n ddiwyd gan sylwi bod ei dwylo hi'n crynu. Tynnodd Jac hanes boced mas a sychu'i dalcen. "Ddylech chi ddim bod wedi hela ofan arno fe fel'na."

"Pwy aros fel'na'n watsho o'dd e?" Roedd Jac yn rhwbio'i ben â'i ddwylo.

Roedd hi'n dechrau tywyllu y tu allan.

"Fel'na ma fe wedi bod eriod."

"Sdim fod."

Troiodd Martha a mynd am mas. Wrth droi fe glywodd hi arogl mwg sigaréts yn dod o'r lleithdy a sŵn sodlau'n cerdded tuag at Jac. Gwaeddodd Martha ar Sianco dros y clôs ond chafodd hi ddim ateb, dim ond ei llais ei hun yn cael ei daflu nôl gan wacter y lle. Roedd cwt Bob ar agor. Dilynodd Martha'r lôn i fyny am Ga' Marged.

Wrth iddi gerdded, sylwodd hi ddim bod y blodau wedi dechrau cau. Yr amser yma, roedd Dat yn arfer gweud, oedd yr amser gorau am flodau. Byddech chi'n medru eu gweld nhw'n anadlu, yn diogi ac yn cau am y nos. Roedd y petalau i gyd yn cyrlio am y llygaid fel pe baen nhw'n mynd i gysgu, gan gadw holl oerfel y nos y tu allan. Roedd yr awyr yn frith o sêr yr amser hyn o'r flwyddyn ac yn yr hydref. Fel pe bai rhywun wedi eu taflu ar draws yr awyr, rif y gwlith, ac wedi anghofio eu tacluso. Roedden nhw'n cronni yno fel glaw yn barod i ddisgyn i lawr yn drwm ar y pridd brown.

Troiodd Martha i mewn i Ga' Marged. Roedd Sianco yno yn rhoi'r cap am ben y bwgan a Bob yn dynn o dan ei siwmper. Closiodd Martha ato, ond sylwodd Sianco ddim. Roedd y brain yn crawcio yn y coed gerllaw. Gwyliodd Martha fe'n sefyll o flaen y bwgan gan syllu arno fel pe na bai dim byd arall yn bodoli yn y byd. Roedd yna batshyn gwlyb lawr cefn ei drowser. Syllodd a syllodd Sianco, ei lygaid yn goch ac yn ddu yn y tywyllwch, ac fe edrychodd y bwgan unllygeidiog yn ôl i lawr arno yntau.

Pennod 24

DDAETH SIANCO DDIM ato'i hunan am ddyddie ac fe drodd yn welw fel gwêr am ei fod yn ffeili â chysgu. Ers nosweithiau, roedd e 'di pallu dod i mewn at Martha ac wedi gorwedd fel corff, yn ddi-gwsg yng ngwely Jac. Roedd tawelwch yn glynu wrtho fel niwl a hyd yn oed y tywydd poeth yn ffeili â llosgi'r amdo oer amdano.

Gollyngwyd y da bach mas i sgathru a chicio drwy'r caeau ac fe ddechreuodd y gwenoliaid gyrraedd yn eu siwtiau glân nes bod y clôs yn gleber i gyd. O fewn rhyw wythnos, fe glywodd Martha'r gwcw, ac fe redodd Sianco i'r tŷ â'i ddwylo dros ei glustiau rhag ofan iddo fe ei chlywed hefyd ac ynte heb ddim arian yn ei boced. Wrth wrando arni, fe feddyliodd Martha am Judy.

Heddiw, roedd Roy a Jac wedi bod yn casglu'r defed i mewn y peth cynta yn y bore ac roedd Martha wedi codi'n gynnar er mwyn coginio. Roedd Jac wedi sylwi ar ddafad yn pryfedu ac wedi penderfynu cneifio'n gynnar leni am fod y tywydd mor ffein. John Penbanc oedd yn cneifio, dyn mawr â breichiau cryfion tebyg i gorgimwch. Roedd sôn ei fod e'n llawdrwm ar anifeiliaid ond fentre fe neud dim o dan lygaid Jac. Wedodd rhai ei fod e wedi bwrw hoelen i mewn i droed tarw unwaith am ei fod e'n darw rhy wyllt i'w gadw fel y galle fe hawlio arian am darw cloff. Cheithe fe ddim byd os na fyddai rhywbeth yn bod yn gorfforol ar yr anifail. Buodd yr heddlu o gwmpas ei ffarm hefyd yn holi am 'smokies' ond phrofwyd dim byd. Roedd Jac wedi hen arfer delio ag e, ac o dan ei lygaid craff e byddai popeth fel ag y dylen nhw fod. Byddai John yn dod â'i fab gydag e bob tro, bachgen trwm, tal a botymau ucha'i grys wedi eu hagor gan ddangos croen coch sgald, blew a chwys. Roedd ei wyneb yn llydan a golwg fel petai wedi cael sioc arno trwy'r amser. Yn wahanol i'w edrychiad, byddai'n symud yn wyllt ac yn sgaprwth gan edrych fel petai ar fin bwrw rhywun drwy'r amser. Roedd y creithiau ar ochr ei wyneb yn dyst i hynny. Byddai John yn dweud nad oedd dim byd cas am y crwt ond ei bod hi'n anodd iddo osgoi trwbwl wedi iddo gael yr enw o fod yn glatshwr. Daliodd Sianco fe yn rhoi cwpwl o gics i Bob rhyw flwyddyn, felly roedd yn ei gasáu a byddai'n ei wylio o bell gan wasgu Bob yn eiddigeddus o dan ei siwmper.

Tynnodd Matha'r mins mas o'r cwdyn a'i ollwng i mewn i'r ffreipan. Dechreuodd dasgu a throi ei liw. Yr un peth fyddai'r fwydlen bob blwyddyn – mins, grefi a thatws yna jeli a chwstard i orffen. Byddai Martha'n ei baratoi yn gynnar yn y bore er mwyn iddi gael mynd i blygu gwlân ac fe fyddai hi'n dod yn ôl i'r tŷ wedyn er mwyn mynd â'r cwbwl lan i'r ca' mewn basged. Roedd wedi paratoi honno eisoes a'i rhoi ar y ford, yn llawn cyllyll a ffyrcs, platie, clytie a lla'th mewn potel bop go gyfer â'r te.

Doedd Jac ddim yn cneifio ei hunan rhagor oherwydd ei fod e'n cael trafferth cael ei wynt, ac wrth gwrs roedd yn derbyn arian o achos ei gefen ffiledig. Doedd e ddim eisiau neb i gario claps. Roedd John a'i fab yn falch o hyn oherwydd roedd Jac yn fwy o drafferth nag o help yn ystod y blynyddoedd diwetha gan eu harafu a thynnu'n groes i bopeth. Byddai'n eistedd yn gwylio'r ddau wrth eu gwaith a gwneud nodiadau tawel yn ei ben os câi unrhyw ddafad gwt neu pe bai unrhyw un o'r ddau ychydig bach yn llawdrwm.

Roedd y treiler wedi'i osod, ac roedd system deidi 'da'r

bois. Roedd mab John wedi newid pethe ar ôl bod mas yn Seland Newydd yn cneifio dros y gaeaf ac roedd ei dad o'r diwedd wedi cytuno. Erbyn i Martha gyrraedd y ca', roedd sawl cnu yn ei disgwyl. Eisteddai Jac ar y ffens yn chwifio pryfed mas o'i lyged. Roedd y bois wedi tynnu'u cryse'n barod gan weithio yn eu festiau â'u mocasins yn dynn am eu traed. Byddai Martha wastad yn hoffi sŵn a phrysurdeb amser cneifo ac yn edmygu'r cydweithio heb eiriau oedd rhwng y ddau. Roedd y ddau wedi gosod tarpolin mas er mwyn i Martha gael plygu'r gwlân, ac fe aeth hi ati heb oedi.

Cydiai Martha ymhob cnu a thaflu unrhyw gagle. Wedyn fe fyddai hi'n ei siglo mas i'w lawn hyd, cyn plygu'r ddwy ochor i mewn, ei rowlio'n dynn a thynnu dau fflwcsyn mas er mwyn ei glymu'n sownd. Gweithiodd Martha'n dawel yn glanhau, yn rhowlio ac yna'n eu gwasgu bob yn un i gornel y sach wlân oedd wedi'i chrogi ar fframyn fetel gerllaw. Âi rhwng pedwar deg a phum deg cnu i bob sach, gan ddibynnu ar y flwyddyn. Ymgollodd Martha yn y sŵn a'r ffaith bod popeth mor llachar yn yr haul. Gwyliai Jac hi'n dawel. Roedd hi'n swydd llawn amser ac roedd pacio gwlân dau gneifiwr da – yn enwedig yn ei hoedran hi – yn dipyn o gamp. Syllai arni â'i ben yn llawn sŵn y cyfarth, y brefu uchel a chanu grwndi'r peiriannau. Erbyn iddyn nhw orffen diadell y bore, roedd haenen o olew gwlân ar ddillad a breichiau Martha a sŵn y defaid yn galw am eu hŵyn bron â byddaru dyn.

Aeth Martha i'r tŷ i dwymo'r bwyd ac i ferwi'r tegyl. Roedd y gwres yn annioddefol. Byddai Jac wastad yn mynnu eu bod yn bwyta mas er mwyn osgoi gorfod gadael y bois i mewn i'r tŷ i segura ac er mwyn eu cael i fwrw ati yn go glou ar ôl gorffen byta. Golchodd Martha ei breichiau a llenwi'r fasged. Daeth Sianco o rywle er mwyn ei helpu, a rhwng y ddau fe gariwyd y cyfan lan i'r ca'. Aeth Jac i nôl bwced a thywel i'r bois ga'l molchyd. John oedd yn browlan a'i fab yn eistedd yn swrth ym môn y clawdd yn y cysgod. Bytodd y mab yn awchus a'i ddwylo'n edrych yn enfawr wrth ddal y fforc dene. Byddai'n taflu golwg amheus ar Sianco weithiau heb guddio'r ffaith mai un bach od oedd e, yn ei farn e, ac yn rhegi ar Roy os deuai'n rhy agos at y bwyd. Bwytodd Jac hefyd yn awchus er nad oedd e wedi neud llawer o ddim drwy'r bore.

"Lan yn Llain ro'n i! Ie, ie." Roedd John yng nghanol rhyw stori fowr. "O'dd hi wedi dod â phair mowr o gawl i ni lan i'r ca' ac wedi'i adel e ym môn y claw'. Des i rownd y gornel, ac ro'dd yr ast fach ma 'di bwrw'r caead off ac wedi mynd ar 'i phen yn garlibwns i mewn i'r ffycin thing. O'dd, o'dd ro'dd hi'n diferu. Cydies i yn 'i choler hi a gadel i'r cawl ddripian nôl i'r piser. Do, do. Sdim ise wasto, o's e? Na, na. A bytodd pawb y ffycin thing. Tasto dim gwahanol!"

Gwenodd Jac. Tynnodd ei fab fara trwy'r grefi ar ei blât heb gymryd sylw o'i dad, yn amlwg wedi clywed y stori ganwaith o'r blân. Aeth llyged Sianco'n fowr, fowr wrth feddwl sut byddai Bob yn teimlo mewn piser yn llawn o gawl twym. Cydiodd yn dynnach ynddo. Roedd yr awel yn ysgafn gan daflu golau smotiog trwy'r dail ar y parti bach a'u picnic. Yr ochr arall i'r clawdd, roedd y da bach wedi cronni yn eu ffordd fusneslyd arferol, ac yn edrych dros y clawdd yn chwipio'u cynffonnau nawr ac yn y man. Byddai Bob yn cocio'i ben pan fyddai'n dal golwg arnyn nhw. Roedd yr haul yn cryfhau gan wresogi pennau pawb.

"Glywoch chi am Hirnant wedyn, de?"

Wedodd neb ddim gair.

"Y mab wedi mynd off i Awstralia. Wedi cwrdd â rhyw

fenyw mas 'na a ddim yn dod 'nôl medden nhw. Bydd rhaid i'r hen foi fennu godro, siŵr o fod. Ma fe'n ddigon crwca fel ma hi."

Troidd Jac ei drydedd llwyed o siwgr i mewn i'w de gan sugno'r wybodaeth i mewn yn ara bach. Dyma sut byddai'r tri yn cael eu newyddion, yn gadael i'w hymwelwyr arllwys eu cwd. Er nad oedden nhw braidd byth yn mynd i unman, nac yn siarad â neb, roedd y newyddion fel arfer, yn eu cyrraedd nhw rhywsut. Roedd Sianco'n cael trafferth eistedd yn gyfforddus, wrth gadw Bob o dan ei siwmper a hefyd byta'r mins. Gorffennodd pawb y pryd a thynnodd Martha bowlenni mas o'r fasged. Roedd y cwstard mewn potel a gwasgodd ef allan yn bum dogn cyn agor hen focs hufen iâ yn llawn jeli. Roedd hwnnw'n ddwrllyd erbyn hyn. Siariodd hi'r cyfan yn ofalus a thaflu llwy i gyfeiriad pawb.

Siariodd John Penbanc ei ddogn o storïau hefyd, ond fe gadwodd yr orau hyd yn ola.

"Ie, ie. Gwynfor, clywed bod e 'di bod yn galw ffor' hyn 'fyd. Wedi priodi mewn registry offis neu rywbeth medden nhw."

Gollyngodd Martha'r llwy nes bod jeli ar hyd ei brat i gyd. Edrychodd Sianco arni a'i lwy'n dal yn ei geg.

"Ma hi'n lot ifancach, pawb wedi synnu. Un o ochre Llambed yw hi. Ie, ie. 'Na'r sôn."

Roedd pryfed yn hongian uwchben y bwyd.

"Clywes i fod rhaid iddyn nhw briodi, os chi'n gwbod beth sydd 'da fi."

Gwaeddodd Jac ar Roy a oedd wrthi'n cyfarth ar ryw oen. Cwmpodd hwnnw i'r llawr. Gwyliodd John wyneb Martha cyn wincio ac ychwanegu'n ara, "Pwy feddylie, gwedwch? Hen gi ontife? Ie, ie."

Doedd John ddim yn ddyn cas wrth reddf, ond roedd gwaith a chyfyngder wedi rhoi awch iddo droi'r llwy bren. Roedd e'n ffeili peidio, ac os câi gyfle, byddai'n dweud ei bwt ac yna yn eistedd nôl gan wylio o bell. Roedd ei wraig yn gynddeiriog wrtho pan ddechreuodd ddweud y fath bethau, ond roedd arferiad wedi pylu ei grwgnach erbyn hyn. Doedd dim ots gan John pwy fyddai'n diodde a chael cam chwaith, ond roedd ei fab wedi magu tymer er mwyn amddiffyn ei hun rhagddo. Cododd yr awel.

"A ffor ma'r ledi ffrend 'da chi wedyn de, Jac?"

"Gwell inni fwrw ati, de," atebodd hwnnw ac edrychodd John a Martha arno. Meddyliodd John iddo gyffwrdd â nerf a theimlai'n falch. Meddyliodd Martha ei fod wedi camu i mewn a'i hachub hi rhag rhagor o embaras. Ond doedd yr un o'r ddau wedi deall mai gweld y prynhawn yn bwrw mlaen roedd Jac ac amser godro'n nesáu. Paciodd Martha'r bwyd â'i dwylo'n gryndod i gyd a gosododd y fasged ym môn y clawdd.

Roedd sioc y newyddion wedi towlu Martha ac roedd hi'n falch bod ganddi waith corfforol i'w wneud. Lapiodd hi bob cnu gyda mwy o awch yn y prynhawn ac roedd hi'n falch o'r brefu a'r cyfarth a'r gweiddi. Roedd pen tost ganddi hefyd, rhwng y gwres a golau cryf yr haul ifanc. Fyddai hi byth yn or-hoff o'r adeg yma o'r flwyddyn beth bynnag. Roedd y llwyni'n rhy wyrdd, y gastanwydden yn felyn sgald a'r blode'n rhy niferus. Weithiau, byddai hi'n teimlo bod y cyfan yn ormod iddi a bod holl egni'r peth yn ei blino. Pan fyddai hi'n cerdded fin nos, byddai brefu'r ŵyn a chweryla'r gwenoliaid yn gwasgu ar ochrau ei phen, ac anadlu gwyrdd y tyfiant yn ei mogi. Diolchodd pan ddaeth yn dri o'r gloch, a dihangodd yn ôl i oerfel a thywyllwch y tŷ er mwyn berwi'r tegyl unwaith eto. Roedd pob dim yn las i gyd am eiliad, ar ôl iddi ddod i mewn o'r gole llachar, cyn i'w llygaid ddod yn gyfarwydd â'r newid. Llenwodd y fflasgiau a chydio mewn llond dyrned o fagie te cyn bwrw'n ôl am y ca'. Caen nhw ddefnyddio'r un cwpane ag amser cinio.

Ar ddiwedd y dydd, roedd y llocie bron yn wag, y pridd wedi ei stablan yn frown a charne'r defed wedi gwneud patrwm cyson yn y mwd. Roedd 'na hen oen a dafad yn pryfedu wedi'u gadael ar ôl, a'r ca' yn fwrlwm ffair wrth i'r defed frefu am eu hŵyn a'r contractwyr yn pacio'u pethe wrth adael. Gwyliodd Martha'r defed yn mynd a'u gwlân byr yn erchyll o wyn yn yr haul caled. Weithiau, gwelai un â fflach o liw porffor llachar wedi'i chwistrellu dros geg rhyw gwt. Wedi iddyn nhw orffen, fe adawodd John a'i fab heb sôn am arian. Byddai'r bil yn cael ei anfon fel arfer, ac i ffwrdd â nhw i'r ffarm nesa er mwyn gosod eu pethe'n barod at y bore. Gosododd mab John ei draed ar ben dashbord y Land Rover ac roedd meddwl John ar ei swper yn barod, wedi hen anghofio am sgwrs amser cinio. Dyn fel yna oedd e, yn achosi'r clwy ac wedyn gadael i'r person arall waedu'n dawel bach.

"Dewch mlan nawr te, inni gal bennu rhein."

Cododd Jac ei goes yn ara dros ochr y lloc a daliodd giât fach i fyny er mwyn gwasgu'r defed oedd ar ôl i mewn i gornel y ddalfa. Roedd un ddafad yn pryfedu a'i gwlân yn wlyb reit lle roedd y cynrhon yn bwyta'i chnawd. Taflodd Jac fasned o Jeyes Fluid dros y briw a gwyliodd y tri'r hylif yn troi'n lliw llaeth wrth dreiddio i mewn i'r gwlân. Mewn hanner munud, dyma'r cynrhon yn dod i'r golwg, yn gwingo wrth droi a throsi trwy'r croen cyn cwympo i'r llawr yn dew. Anadlai'r ddafad yn drwm gan edrych am yn ôl a theimlo'r cynrhon yn ei chosi wrth adael ei chroen.

Oen blwydd oedd nesa, a'r clwy ar dop ei gwt yn drewi. Roedd Jac wedi cael gafael ynddo fe yn y coed, ac er nad oedd e'n siŵr mai ei oen e oedd e, fe benderfynodd ei gadw beth bynnag fel rhan o'r tâl am y tri oen swci diflanedig y llynedd. Roedd twll yng nghefn yr oen a'r cynrhon yn symud dan y croen gan wneud i'r cwbl ferwi. Fydde hwn ddim byw dridie arall. Arllwysodd Jac yr hylif a thasgodd yr oen wrth iddo losgi i mewn i geg y clwy. Cydiodd Sianco'n dynnach yn ei wddwg a'i wasgu i mewn i ffens y lloc gan wneud patrwm o sgwariau yn ei wlân. Roedd y da bach yn dal i edrych dros y clawdd. Tasgai'r cynrhon ond roedd hi'n amhosib iddyn nhw ddod mas am eu bod wedi bwyta mor ddwfn i mewn o dan y croen. Doedd dim byd i'w wneud ond tynnu'r diawled mas yn gorfforol. Gwasgodd Jac fys i mewn i'r twll yn y cnawd llaith a gwneud siâp bachyn, yna, gwthio dan y croen am fodfeddi nes bod ei fys o'r golwg yn gyfan gwbwl a thynnu'r cynrhon mas a'u gadael i lawio'n wyn i lawr ar y pridd. Caeodd Sianco'i lygaid yn dynn a Martha'n crychu'i thrwyn. Roedd arogl yr hylif a'r cnawd wedi pydru a'r gwres yn codi cyfog ar Martha a gorffwysodd hi ei llaw ar y sinc er mwyn ei sadio'i hun. Ar ôl gorffen, arllwysodd Jac ragor o'r hylif i'r briw a gollyngwyd yr oen yn rhydd. Gwyliodd y tri e'n mynd gan siglo'i gefn a'i ben-ôl. Gallai Martha ddychmygu'r boen a ddioddefodd, a hefyd yr iachâd a deimlai o gael gwared arnyn nhw.

"Wel, os na farwith y ffycer o sioc, fe fydd e 'di gwella mewn deuddydd."

Sychodd Jac ei fysedd yn nefnydd ei drowser a dechreuodd gerdded am y parlwr godro. Cododd Sianco'r tuniau a'r chwistrellwyr a'u gosod yn y fasged fwyd ar bwys y clawdd a cherdded yn ara at y Stordy gan gydio'n dynn yn Bob. Arhosodd Martha am sbel yn gwylio'r oen yn straffaglu ar draws y ca' gan siglo'i ben. Hithau'n meddwl am y cnawd, am y cynrhon ac am Gwynfor.

Pennod 25

Y NOSON HONNO, aeth Martha i eistedd ar y soffa binc yn y parlwr ar ôl swper. Roedd hi'n oer, yn ddistaw ac yn dywyll yn y fan 'nny ac fe groesawai Martha'r teimlad o loches ar ôl ymosodiad y dydd. Byseddodd ei hysgwyddau poenus, sgald. Teimlai fel petai wedi cael ei blingo. Roedd Jac a Sianco'n symud yn y gegin a chlywodd hi lais isel Jac yn dyfyrio Bob.

Roedd machlud haul poeth yn byseddu'i ffordd i mewn i'r parlwr gan anfon golau ambr drwy'r ffenest. Roedd effaith hyn fel chwyddwydr, y golau rhyfedd yn pwysleisio'r gwahaniaeth rhwng y tywyll a'r golau gan wneud pob lliw yn fwy dwys. Ciliodd Martha ymhellach i mewn i'r soffa gan wasgu'i chefn ar oerfel y melfed. Clywodd gadeiriau'n crafu ar y llawr wrth i Jac a Sianco godi oddi wrth y ford a mynd mas. Roedd Jac am fynd i gerdded y caeau er mwyn gweld pryd y byddai'n galler cywen gwair.

Roedd Martha wedi blino'n dwll a'i chefn yn dost, ond fe fagodd y gwpaned yn ei bysedd wrth deimlo cyhyrau'i breichiau'n llosgi. Roedd hi wedi newid cyn dod i mewn i'r parlwr ac wedi gwisgo sane glân, ond roedd olew'r gwlân yn glynnu wrth breichiau gan wneud i'r croen edrych yn dyner, yn sgleiniog iachus ac yn ifanc. Er iddi gilio, roedd y golau'n symud yn ara wrth i'r haul suddo, gan ddod yn agosach at ei chuddfan hi.

Fel pryfyn mewn ambr, goleuwyd hi. Gwelwyd prydferthwch y sglein ar ei chroen, taflwyd meddalwch dros ei hwyneb a datguddiwyd dyfnder newydd yn ei llygaid duon. Amlygodd y golau liwiau gwahanol yn ei gwallt tywyll ac roedd hi, am eiliad, yn edrych fel doli. Dyna beth oedd Dat yn ei galw hi – ac ar y soffa binc, yn y parlwr gole melyn, roedd hi'n hawdd gweld pam. Roedd llonyddwch y stafell yn llethol, ond roedd Martha'n mwynhau'r tawelwch ar ôl cryfder yr haul. Wrth i'r golau wanhau, amlygwyd dyfnder lliwiau a siapiau na welodd Martha eu tebyg erioed o'r blaen. Roedd y piano'n sgleinio fel eboni, a rhyw wrid coch yn y pren yng nghanol y tywyllwch. Syllodd Martha arno â'i llygaid yn llaith.

Doedd hi ddim eto wedi chwarae'r piano. Doedd hi ddim hyd yn oed wedi gwasgu nodyn i lawr, dim ond ei gyffwrdd wrth ei lanhau, ac fe fyddai hi'n gwneud hynny bob wythnos fel pader. Doedd hi ddim yn deall y peth, meddyliodd, felly doedd ganddi mo'r hawl. Byddai hi'n tynnu'r llyfrau miwsig mas o'r stôl biano weithiau ac yn edrych ar y darnau o gerddoriaeth. Roedd y nodau bach yn edrych fel brain yn eistedd ar linellau trydan, neu fel rhesi o glymau ar weiren bigog. Rhedai ei bys o gwmpas y trebl cleff gan anwesu'r siâp troellog â'i llygaid. Byddai hi'n cloi caead y piano, rhag ofan i Sianco ymhél ag e. Gallai hi fod yn sicr nad oedd dim diddordeb gan Jac – ond Sianco, wel roedd hynny'n fater gwahanol.

Edrychodd Martha ar y man ar y carped lle bu hi'n sgwrio te Gwynfor ar ôl iddo ei sarnu. Roedd hi wedi llwyddo'n dda i gael gwared ar y staen. Meddyliodd am ôl ei draed ym mhridd yr ardd. Rhoddodd y cwpan i lawr wrth ei hochor a rhoi ei llaw i mewn ym mhoced ei brat lle byddai'n cario allwedd y piano bob amser. Teimlodd haearn prydferth, cain yr allwedd dan ei bysedd trwm. Cododd, gan deimlo holl brysurdeb y dydd yn ei chefn a cherdded at y piano. Roedd yr haul yn isel erbyn hyn

– roedd hi'n syndod pa mor gyflym oedd y golau'n diflannu unwaith y dechreuai fachlud. Fe deimlodd ddefnydd melfed pinc y stôl biano â'i bysedd cyn eistedd i lawr arni. Roedd dwy fraich denau ddelicet ar y fframyn yn gwasgu'i chorff i mewn yn gyfforddus. Cydiodd yn yr allwedd ffansi a'i gwthio i mewn i'r clo. Troiodd yr allwedd a'r clo'n clicio'n ddiolchgar fel petai wedi cael rhyddhad. Tynnodd Martha anadl hir cyn codi'r caead yn ara. Roedd ei dwylo'n crynu. Gwenodd y piano arni gan ddangos ei holl ddewisiadau a'r posibiliadau o fewn y nodau du a gwyn. Cynigodd y cyfan iddi gan wenu'n dawel a theimlai Martha eu bysedd yn cael eu denu tuag at y nodau. Cyffyrddodd ei bys yn dawel â'r ifori a theimlai lyfnder ac oerfel y deunydd a'i holl addewid. Caeodd Martha ei llygaid a gwasgu'r nodyn. Neidiodd wrth i'r sain ddisodli tawelwch y stafell. Sain hyll, anghywir. Edrychodd Martha ar y piano mewn sioc. Roedd hi'n siŵr nad sŵn fel'na ddylai'r nodyn ei greu. Roedd e'n anniben, yn salw ac yn gras fel crawc brân. Dechreuodd Martha lefen. Daeth y dagrau'n un llif, fel melodi diderfyn. Tasgai'r dagrau i lawr mewn rhythm cyson, gan ddiferu'n gynnes ar yr ifori oer.

Oherwydd anwybodaeth Martha, roedd hi wedi gosod y piano yn erbyn wal y lleithdy lle bu'r teulu'n halltu moch ers degawde. Bu'r halen a'r lleithder yn y wal yn treiddio i mewn i gefn y piano ers misoedd ac, yn dawel bach, roedd ei berfedd wedi chwyddo a'r sain wedi'i sarnu. Roedd y tŷ wedi lladd y piano.

Roedd y golau'n pylu wrth i Martha arllwys dagrau hallt uwchben y piano, a'r sain hyll a greodd yn atseinio trwy ffenestr y parlwr a mas i'r ardd. Roedd y golau ambr, a oedd wedi'i hamgylchynu, yn llawn cynhesrwydd nes iddo ei gollwng yn y tywyllwch, ar ei phen ei hun.

Roedd y da yn pori'r caeau mewn stribedi erbyn hyn

er mwyn sicrhau bod y bwyd yn para, ac fe fyddai Jac a Sianco'n symud y ffens drydan bob nos. Roedd gan Sianco ofan unrhyw beth yn ymwneud â thrydan ers i Jac roi coler drydan ar gyfer hyfforddi cŵn am ei wddwg, a bygwth gwasgu'r botwm. Byddai modd gwasgu'r botwm ar y remôt control a rhoi sioc i'r ci fyddai'n ei wisgo pan fyddai'n cambihafio. Roedd ar Jac awydd defnyddio un ar Bob rhag iddo ladd y cathod bach bob tro, ond fe resymodd yn y diwedd bod y ci'n ei arbed e rhag gorfod eu boddi nhw. 'Sailors' fydden nhw, beth bynnag. Roedd Jac a Sianco wedi bod yn edrych ar y caeau gwair ac yn cael golwg ar y barlys yn tyfu'n llyfn ac yn gryf cyn cyflawni'r dasg ola, sef symud y ffens.

Heno, roedd tic-tician y weiren drydan i'w glywed yn blaen a'r da'n edrych yn awchus ar y borfa wyrdd yr ochr arall.

"Cydia ynddo hi."

"N... n... na."

"Dere mla'n nawr de."

"N... N... NA!"

"Paid â bod yn fabi, 'chan."

Gwthiodd Sianco ei ddwylo'n ddwfn i mewn i'w bocedi mewn protest.

"Weda i tho Martha bo ti'n fabi Mami."

Roedd Jac yn gwybod pa edefyn i'w dynnu er mwyn gwneud i Sianco raflo i gyd.

"Weda i beth tho ti..." chwiliodd Jac o gwmpas am ddail poethion a chydio mewn un planhigyn tal. Plygodd, a'i thorri hi yn ei bôn. Tynnodd ei law i lawr ar hyd y planhigyn a thynnu'r dail. Roedd Sianco wastad yn edmygu hyn achos rhaid bod Jac yn ddewr ofnadwy i allu diodde'r poen. Y gwirionedd oedd bod dwylo Jac wedi caledu cymaint nes mai braidd roedd e'n teimlo'r pigiadau; hefyd, o dynnu'r dail am lan, roedd llai o wenwyn ar ochr isa'r dail.

"Co ti, cydia yn hon a theimli di ddim byd."

Rhesymodd Sianco y byddai e'n bellach i ffwrdd oddi wrth gic y trydan wrth gymryd y dail poethion, ac os gallai Jac ddangos y fath dewrder, yna gallai yntau 'fyd. Cymrodd y goes gan Jac ac agosáu at y weiren. Gwrandawodd ar sŵn y trydan. Ymestynnodd nes bod coesyn y dail poethion yn cyffwrdd â'r weiren ac arhosodd. Dim byd. Trodd i wenu ar Jac – a chwap! dyma'r ergyd yn ei fwrw a honno wedi'i chryfhau deirgwaith oherwydd ei bod hi wedi rhedeg ar hyd coesyn y planhigyn. Gollyngodd Sianco'r coesyn a theimlo'r ergyd yn ei frest.

"Awwww!" gwaeddodd Sianco dros y lle, gan wneud i'r da godro redeg i ochr arall y cae mewn ofan. Roedd Jac yn ei ddwble'n chwerthin ac yn gwylio Sianco'n neidio i fyny ac i lawr gan gydio yn ei law rhwng ei bengliniau. Roedd Bob yn cyfarth a chyfarth mewn cydymdeimlad. Doedd dim peryg iddo, go iawn, roedd Jac yn gwybod hynny, ac fe fyddai Sianco wedi anghofio popeth cyn y bore. Pwdodd Sianco gan gerdded hanner canllath y tu ôl i Jac wrth ei ddilyn yn ôl am y clôs. Cyrhaeddodd y ddau wrth i olau'r machlud ddiflannu dros ochr cefn y tŷ a'u gadael mewn tywyllwch.

Pennod 26

"**M**... M... M... MARTHA."

Agorodd Martha ei llyged i weld wyneb Sianco'n hofran fodfeddi uwch ei phen. Roedd golwg dywyll ar ei wyneb. Symudodd Martha draw a throi'r bolster i lawr canol y gwely fel arfer. Roedd yr angen am gwsg wedi cario arno ac fe benderfynodd fynd i mewn at Martha. Roedd y ffaith hefyd bod y drewdod yn ei stafell wedi'i yrru mas. O dan y gwely, mewn bocs, roedd Sianco'n cadw cwningen a phioden y daeth o hyd i'w cyrff yn yr ardd. Roedden nhw wedi bod yn yr ardd ers dyddie, ond fe'u cododd a'u rhoi mewn bocs a'u cario i'w lofft; erbyn hyn roedden nhw'n drewi gymaint nes bod yr arogl yn ddigon i gwmpo dyn. Ers wythnos neu ddwy bellach, roedd Sianco wedi llwyddo i gadw Martha o'i stafell trwy roi stôl o dan fwlyn y drws, a byddai'n mynd a dod trwy'r ffenest Ca' Berllan. Byddai'n rhaid iddo fynd â nhw'n ôl i'r ardd fory.

Gollyngodd Sianco ei hun i mewn i'r gwely, ac am eiliad diolchodd am y gwres roedd corff Martha wedi'i adael ar y garthen. Fel arfer, byddai'n cysgu o fewn munud o gyrradd gwely Martha a chaeodd ei lygaid i ddisgwyl. Roedd Martha, erbyn hyn, wedi ailgynefino â chysgu ar ei phen ei hun, ac roedd ailddyfodiad Sianco'n mynd i dorri ar ei phatrwm cysgu unwaith eto. Cadwodd ei llygaid ar gau, ond roedd pob nerf yn ei chorff ar ddihun. Roedd anadlu Sianco'n dechrau creu rhythm unwaith eto ar ôl ei siwrne ar draws y landin, ond roedd cwsg ymhell o gyrraedd y ddau ohonyn nhw. Gorweddai'r ddau yno'n gorffwys, a phrin y gellid gweld eu bod nhw'n anadlu; er na allai un weld wyneb y llall, roedd y ddau'n gwybod eu bod ill dau ar ddihun. Roedd eu meddyliau'n brysur, y ddau benglog fel caets adar, a rheini'n canu ac yn symud yn anniddig y tu mewn.

Meddyliai Martha am Gwynfor a lle byddai e'n cysgu heno. Efallai ei fod e gyda'r fenyw, neu efallai ei bod hi wedi symud i mewn ato fe erbyn hyn. Byddai'n siŵr o gael yr hanes yn hwyr neu'n hwyrach. Rhyfeddai nad oedd hi wedi clywed cyn hyn, ond roedd hi wedi bod yn esgeuluso'i thripiau i'r dre'n ddiweddar oherwydd prysurdeb y ffarm. Nid arno fe roedd y bai, meddyliodd, gan iddi hi gael dewis ac fe ddewisodd. Meddyliodd wedyn am John Penbanc a'i dafod adeg cneifio, ac y byddai'n amser c'nea cyn bo hir, ac am y barlys yn y cae. Weithiau, pan fyddai hi'n agos i gwsg, byddai'n gweld y cae o flaen ei llygaid fel petai hi'n ole dydd, a'r barlys gwyrdd ifanc yn tyfu'n llawn egni. Gwelai donnau'r gwynt dros y clustiau oedd yn gwneud i'r cae edrych fel llyn. Ac wrth i symudiad y barlys yn y gwynt ddechrau gwneud iddi hi deimlo'n sâl, fe feddyliodd am Judy.

Roedd Jac wedi bod yn treulio mwy o amser nag arfer yno'n ddiweddar, a byddai hyd yn oed yn dod nôl yn hwyr i odro. Un bore, bu'n rhaid i Martha a Sianco ddechrau ar eu pen eu hunain. Roedd e'n drewi 'fyd, yn drewi o gwrw, hyd yn oed yn y bore. Ro'dd sôn amdani hi a'r botel, ac mae'n debyg ei fod e'n dilyn ôl ei sodlau uchel hi'n go gloi.

Meddyliai Sianco am y bwgan brain y byddai'n mynd i'r ca' barlys i gadw cwmni iddo weithiau, yn enwedig wrth iddi hi nosi. Roedd bownd o fod ofan ar y bwgan druan. Meddyliai hefyd am yr anifeiliaid yn y bocs ac mor rhyfedd oedd iddo fe ddod o hyd i'r creaduriaid 'ma wedi marw, a'r rheini mor ifanc ac mor iach yr olwg, i gyd o fewn cwpwl o lathenni i'w gilydd. Adawodd e ddim i'w feddwl fynd yn ôl i'r parlwr. Byddai'n gwasgu'i lygaid yn dynnach ar gau wrth i'w feddwl ddechrau ymlwybro i gyfeiriad Jac a Judy ar ben ei gilydd. Dim a Martha mor agos, rhag ofan iddi allu gweld i mewn i'w ben e. Meddyliodd am Bob. Roedd hwnnw wedi dal sawl cwningen yn ddiweddar, a llygoden ffyrnig, ond doedd dim diddordeb 'da fe yn yr anifeiliaid yn yr ardd achos eu bod nhw wedi marw'n barod. Rhedeg ar ôl anifeiliaid a'u poeni – dyna roedd y terrier yn hoffi'i wneud, nid bwyta'i ysglyfaeth.

Agorodd Martha ei llygaid. Agorodd Sianco ei lygaid. Gorweddai'r ddau yn gwylio'r gwyll yn gwywo. Troiodd Martha ar ei hochor gan edrych ar wyneb Sianco, ond sylwodd e ddim. Tynnodd Martha welwder wyneb Sianco i mewn i'w llygaid hi. Craffodd ar onglau ei wyneb a sychodd ei llygaid hi'r dŵr a oedd wedi cronni yng nghorneli'i lygaid e. Pendronodd, tybed a oedd Sianco ar ddihun go iawn, gan ei fod e'n medru cysgu â'i lygaid ar agor. Roedd Martha wedi'i weld e'n gwneud hynny pan oedd e'n ifanc, a byddai Jac yn gweud ei fod yn beth annaturiol, fel ceffyl yn cysgu ar ei draed â'i feddwl ymhell bell i ffwrdd. Troiodd Martha'n ôl i edrych mas drwy'r ffenest. Roedd cymylau gwyn wedi'u corlannu uwchben y caeau, a tharth y bore'n golchi wyneb y clôs. Teimlai Martha'n genfigennus iawn, achos fe hoffai hithau gael golchad ffres, glân fel'na bob bore ac ailddechrau eto o'r newydd.

Mae'n rhaid bod Martha wedi dechrau pendwmpian yn gynnar yn y bore, achos chlywodd hi mo Sianco'n codi. Cerddodd Sianco'n ôl ar draws y landin a mynd i mewn i'w stafell, tynnu'i drowser dros y Long Johns a bachu'r bresys am ei ysgwyddau. Gwisgodd grys a siwmper. Aeth ar ei bengliniau i chwilio am y bocs a'i osod ar y gwely ac wrth iddo wisgo'i sane daeth rhyw awydd arno i weld ei gynnwys unwaith eto. Cododd gornel y bocs ond roedd yr arogl yn annioddefol – cymysgedd o bluf a blew a rheini wedi dechrau cymysgu yn ei gilydd. Rhoddodd y caead yn ei ôl.

Bu Sianco'n casglu a symud pethau o gwmpas y tŷ er pan oedd yn fachgen bach. Roedd e'n hoff o guddio pethau, oherwydd dim ond fe fyddai'n gwybod lle bydden nhw. Ymhob mater arall, roedd pawb arall yn ei adael ar ôl – ond pan guddiai e rywbeth, roedd pethau'n dra gwahanol.

Aeth i ddrôr gwaelod y cwpwrdd ar bwys y gwely; gafaelodd yn y bwlyn a thynnu arno'n ara. Yno roedd ei drysorau, yn cwato mewn macyn. Neclas Martha. Roedd hi'n meddwl ei bod hi wedi'i cholli. Allwedd Jac. Bandyn gwallt Judy. Byd o bethau mewn macyn. Cydiodd yn un o'i ychwanegiadau diweddara a'i roi yn ei boced. Caeodd y drôr.

Tynnodd ei hun i fyny a chydio yn y bocs. Byddai hi'n amser bwydo'r lloi cyn bo hir. Cerddodd i lawr y grisiau â'r bocs yn ei law, gan deimlo'r trysor newydd yn ei boced â'i law arall. Potel fach wen ag ysgrifen arni, â chap melyn fel copa gwalltog ar ei phen.

Pennod 27

Benthycodd Jac beiriant lladd gwair Wil, ac o fewn bore roedd sawl cyfer bach ar lawr. Rhibinodd Jac a gwasgaru am dridie nes bod y rhesi gwair yn ysgafn ac yn sych fel tanwent. Byddai Jac yn cymryd gofal mawr a balchder mewn cywen, gan feddwl ei fod yn dipyn o hen law arni. Bore 'ma, roedd e'n cerdded y rhibine'n llyfnhau a gwneud yn siŵr nad oedd dim twmpathau o wair mewn mannau a allai dagu'r peiriant. Roedd e'n plygu weithiau i godi llond côl o'r gwair a'i gario fel petai'n ei fagu, a'i ollwng nes mla'n yn y rhes. Gallai fod yn sicr wedyn nad oedd dim byd arall yn y rhibine chwaith, fel y digwyddodd rai blynyddoedd yn ôl pan ymddangosodd darnau o haearn yn y rhesi gan falu perfedd y peiriant yn rhacs. Bu'n rhaid i Jac dalu'n ddrud am ei drwsio a rhaid bod rhywun wedi llwyddo i ddial yn ei erbyn.

Cerddodd Jac yn ara, gan blygu weithiau i godi corff rhyw anifail anlwcus a oedd wedi cael ei ddal a'i falu gan gyllyll y peiriant, gan ei daflu gerfydd ei goesau i'r claw'. Doedd dim iws balo'r adeg hon o'r bore, achos roedd yn rhaid aros i'r haul losgi gwlith y bore yn gynta. Roedd y borfa noeth rhwng y rhesi yn ole ac yn llachar yn ei newydd-deb, yn debyg i wlân byr glân y defed ar ôl eu cneifo. Dyma ei hoff adeg o'r flwyddyn, cael cerdded y rhibine a pherffeithio'r stode. Bydde unrhyw un yn medru gwneud seilej, ac roedd y contractwyr eisoes wedi bod yn sŵn ac yn weiddi i gyd, ond roedd cywen gwair yn rhywbeth hollol wahanol.

Flynydde'n ôl, roedd llwyth o bobl yn dod i helpu, ond nawr roedd pawb cyfagos cyn hened â nhw, a chan nad oedd plant yn Graig-ddu, roedd bechgyn ifanc yr ardal yn ddierth. Bydde mam Wil yn ei anfon draw, a sawl un arall yn cael eu hala draw 'fyd, gan gynnwys Dai One Eye, Eilyr Pontfan, Gafryw Ucha a Tomi. Roedd hwnnw wedi colli'i goese yn y rhyfel, ond roedd e'n dod yn handi i ddreifio'r hen fan roedd Dat wedi'i phrynu flynydde'n ôl. Bydde fe'n dilyn y bois rownd y caeau ac yn rhoi gole iddyn nhw pan fydde'n rhaid gweithio'n hwyr. Wrth roi hen gotie dan ei din, a dau frwsh llawr dan ei geseiliau, roedd e'n galler dreifio cystal â neb. Roedd yn rhaid bodloni ar dorri tamed ar y tro erbyn hyn gan nad oedd help ar gael.

Roedd Martha wedi codi'n gynnar a Sianco a hithe'n paratoi cinio basged yn y gegin. Bydde Jac yn dechre balo tua hanner awr wedi deg ffor'na, ac wedyn fe fydde'n rhaid i Martha a Sianco fynd lan i'r ca' i staco. Roedd Sianco'n pilo wyau 'di ferwi wrth y ford a Martha'n llenwi brechdane â thomatos a chaws. Ar ôl staco bêls, roedd yn rhaid eu casglu a'u cario i'r ydlan. Gwyliodd Sianco Martha'n cau pob brechdan. Weithiau, pan oedd hi'n gwybod ei fod e'n ei gwylio, bydde hi'n cydio yn y frechdan ac yn agor a chau'r crwstyn â'i dwylo gan wneud i'r frechdan edrych fel petai'n siarad. Roedd Sianco wrth ei fodd. Roedd e'n gwbod y ceithe fe ddiod fain 'fyd, gan ei fod wedi gweld y berem yn anadlu mewn powlenni yr wythnos cynt. Teimlai Martha fod yn rhaid iddi ei gadw mewn hwylie da oherwydd iddi ei holi'n dwll am hen bioden a chwningen y daeth hi o hyd iddyn nhw yn yr ardd ben bore.

Roedd Sianco wrth ei fodd gyda'r c'nea, gan ei fod yn medru gweld y gwahaniaeth y gallai e ei wneud wrth gario a stacio. Byddai'n medru clirio hanner ca' ar ei ben ei hunan yn hawdd oherwydd, er ei fod e'n dene, roedd e'n gryf fel ceffyl. 'Ma cysgod ym môn brwynen', dyna fyddai Mami wastad yn gweud. Bydde Bob wrth ei fodd hefyd yn neidio mewn a mas o'r cloddie, a'r rheini'n wyllt gan ddrysni, a threuliai orie'n erlid y llygod wrth iddyn nhw ffoi o'r cae. Yr un peth â diwrnod cneifio, neu unrhyw ddiwrnod arall lle'r oedd gwir angen help, byddai Judy wedi gorffod mynd ar ryw drip, a fydde hi byth yn galler dod lawr i helpu, 'sorry about that'.

Tynnodd Martha glwtyn dros y fasged a cherdded gyda Sianco am y cae. Roedd yr haul yn llachar yn barod ac yn taflu cyllyll o olau i lawr ar y ddaear. Wrth gerdded drwy'r cae, lle'r oedd Jac yn bêlo, roedd y borfa fer, bigog yn ymosod ar figyrne Martha. Gosodwyd y fasged yn y claw' isa ac fe aeth Martha a Sianco ati i wthio'u bysedd dan y cordyn bêls, eu cario at ei gilydd a'u rhoi mewn colofne bach. Oherwydd bod Jac wedi sychu'r gwair mor dda, roedd y bêls yn ysgafn, heblaw am y rhai oedd yng nghornel bella'r ca' lle roedd hi'n wlypach a'r gwair yn drymach oherwydd hynny. Roedd Jac wedi gorffen bêlo erbyn hyn ac wrthi'n trafod y bêls tryma yn dawel bach yng nghornel bella'r cae. Sylwodd Martha ei fod yn dawelach y diwrnode hyn, fel petai rhywbeth yn ei gorddi ymhell y tu mewn iddo fe. Doedd Madam ddim yn galw mor amal chwaith, ond eto i gyd bydde fe'n sefyll yno bob nos 'fyd.

Cododd yr haul uwch eu pennau, a heb orfod gweiddi ar neb daeth pawb at ei gilydd i gael cinio. Eisteddodd y tri yng nghysgod un o'r staciau, gan bwyso'u cefne arno gyda'r twr o fêls yn taflu cysgod fel balm drostyn nhw. Agorodd Martha'r fasged. Roedd y cnawd ar ochr fewnol breichiau'r tri yn bigiade gwair coch i gyd, llinellau fel marciau cansen ar draws cledrau'r dwylo wrth i'r cordyn gnoi i mewn i'w crwyn. Roedd Sianco'n rhwbio'r llinellau dwfn gan gofio am y rhai y byddai Mr Williams yn eu rhoi iddo ar ei ddwylo gyda'i gansen yn yr ysgol. Bwytodd y tri'n dawel ac fe daflai Jac grwstyn i Bob bob hyn a hyn gan wneud i Sianco edrych arno'n syn.

Erbyn canol y pnawn roedd y cwbwl wedi'i stacio ac fe aeth Jac ati i odro. Paratôdd Martha a Sianco swper cyflym erbyn iddo orffen a phan ddaeth e i mewn i'r tŷ, ar ôl bwydo'r lloi, fe gymeron nhw damed o swper yn glou cyn mynd nôl at y gwair. Jac oedd ar y tractor, gyda Sianco a Martha'n bownsio lan a lawr ar y treiler a Bob yn cyfarth ac yn cyfarth o dan siwmper Sianco. Sefodd Martha ar y treiler yn y cae, gan dderbyn y bêls oddi wrth y ddau arall. Bob nawr ac yn y man byddai Jac yn neidio i mewn i'r cab ac yn symud y tractor ymlaen at glwstwr arall o fêls. Roedd y gwybed yn dechre cnoi erbyn hyn, ac ro'n nhw wedi cymryd ffansi mowr at Sianco. Fe gymerodd hwnnw at ddawnsio ar hyd y lle gan gicio'i sodle a gwneud i Martha a Jac wenu. Roedd hyd yn oed Bob yn cuddio gwên.

Wrth iddi dywyllu, rhaid oedd cael golau ar y tractor, a chafwyd saethau o olau ar draws y cae sofl; wrth i'r tri gymryd cwpaned fe wylion nhw'r gwyfynnod yn tasgu'n ddall o gwmpas y gole. Gwyliai Sianco nhw â'i geg ar agor, yn arbennig wrth weld ambell un yn cnocio'i ben yn erbyn y lamp ac yn cael ei daflu am nôl, ond gan ddal i wneud yr un peth, dro ar ôl tro, fel petaen nhw ddim yn gallu teimlo poen o gwbwl. Dechreuodd Sianco wenu. Roedden nhw'n bert, yn frown, o liw hufen ac yn ddu, â'r blew arnyn nhw'n feddal, ond eto fydde neb byth yn sylwi arnyn nhw yng ngole dydd. Roedd ambell un â gwyneb ar ei gefn a llygaid mawr duon wedi'u paentio ar eu hadenydd. Roedd Sianco'n gwenu.

Ar ôl iddyn nhw glirio'r ca' i gyd, fe yrrodd Jac y tractor

am yr ydlan gyda Martha a Sianco'n eistedd ar ben y llwyth a choed ucha'r cloddie'n brwsio ochre'r llwyth. Roedd Sianco'n gorwedd ar ei gefen yn gadael i'r dail llydan redeg drosto fel dwylo oer braf.

Aeth Martha i nôl yr hen dractor wedyn er mwyn ei barcio i roi gole i'r ydlan. Gwisgodd siwmper drwchus a thaflodd un at Sianco. Gosodwyd yr *elevator* ac fe ddechreuodd y tri ddadlwytho'n ara bach. Roedd Jac yn ei chanol hi ac yn edrych mor gomig yn gwisgo masg gwyn am ei geg. Gwenodd Martha. Dyma'r unig dro y byddai Jac yn gwisgo unrhyw declyn fel'na. Roedd e'n gwisgo'r crwban gwyn am ei ên er mwyn osgoi'r dwst fyddai'n codi o'r hen wair dan dra'd. Er pan oedd e'n grwt bach yn gwrando ar sŵn *Farmer's Lung* Dat, roedd ofan calon arno gael unrhyw beth tebyg. Roedd Martha'n cofio agor drws ei hystafell a gweld Jac yn ei gwrcwd, ei wyneb wedi'i wasgu rhwng bariau'r banister a'r dagre'n llifo i lawr ei wyneb wrth wrando ar besychiade ola Dat. Cadwodd facyn poced Dat dan ei siwmper am flwyddyn, ond fe wyliodd Martha fe'n ei losgi yn nhân y gegin pan odrodd ar ei ben ei hunan am y tro cynta. Crwt bach â gwallt gole, yn gwisgo trowser byr, oedd e bryd hynny.

Am hanner awr wedi deuddeg, roedd y treiler yn wag a dim ond fflwcs fel gwallt ar ôl ar y styllod pren. Roedd yr ydlan yn llenwi, a'r chwys a'r hade gwair yn glynu wrth groen y tri. Roedd hi'n dawel o'r diwedd. Safodd Martha am eiliad yn gwrando ar ganu uchel yr ystlumod ac yn gwylio Jac yn sychu'i wyneb â macyn a'r masg yn crogi fel cwpan cymun o gwmpas ei wddwg. Casglodd Sianco Bob yn ei freichiau a'i gario i'r clôs cyn ei daflu'n ysgafn i mewn i'w gwb. Edrychodd o'i gwmpas. Er ei fod wedi blino, doedd dim tamed o eisiau cysgu arno. Oedodd Sianco am eiliad cyn cerdded am Ga' Marged i weld y barlys. Yn y tywyllwch, roedd y barlys yn sgleinio'n lliw arian fel y môr. Cerddodd tuag at y bwgan, a oedd yn bresenoldeb tywyll wedi ei grogi ar y groes bren. Wrth iddo gerdded, ymestynnodd ei fysedd a gadael i'r barlys redeg trwyddyn nhw fel gadael i ddŵr y môr redeg trwy'r bysedd. Roedd y lleuad yn fawr ac yn drwm ac yn gwasgu i lawr arno. Cyrhaeddodd y bwgan, a oedd yn edrych yn fwy ffiledig byth erbyn hyn, ac edrych i fyny ato. Gwenodd arno a dweud 'nos da' cyn cerdded yn ara bach at y tŷ.

Pennod 28

"ABERAERON MACREL!"

Fel cloch y cwch roedd yn berchen arni, byddai modd clywed Sam Fish ymhell cyn ei weld. Un o'i hoff bleserau oedd gyrru bloeddiadau fel tonnau, gan eu hyrddio o gwmpas clôs y ffermydd am ychydig wythnosau yn yr haf cyn diflannu, gyda'r gwylanod o'r caeau aredig, yn ôl i loches yr harbwr.

"ABERAERON macrel!"

Wrth agor cefen y fan a thynnu'r glorian, y bwndel o bapur newydd ar gyfer lapio'r pysgod a'i gyllell i geg y bac, fe welodd Sianco y tu ôl iddo'n pipo. Troiodd i'w wynebu.

"ABERAERON MACREL!"

Caeodd Sianco'i lygaid wrth iddo deimlo holl nerth y floedd ar ei wyneb. Pe bai'n gallu, fe fyddai wedi cau ei glustiau 'fyd.

"Shwt wyt ti, was? Weles i ddim ohonot ti fan'na," meddai Sam gyda gwên fawr. Roedd ffag wedi'i gwasgu rhwng yr unig ddau ddant oedd 'da fe ar ôl yn nhop ei geg.

"Lle ma'r ffycin ci 'na 'da ti heddi, de? Digon pell, gobeitho, ne fe agora 'i fola fe 'da'r gyllell 'ma!"

Y tro diwetha i Sam alw, roedd Bob wedi neidio i mewn drwy ffenest y gyrrwr, wedi sleifio i gefn y fan i ganol y bocsys pysgod. Roedd wedi ca'l gwledd o bysgod tra bod Sam yn dweud wrth 'Matilda' am 'y ffycin Spaniards oedd yn sugno'r pysgod mas o'r môr fel *hoovers*' ac fel o'dd y bygyrs 'na yn Brwsels a'r UHU ne'r EU, ne beth bynnag odd y rhacs yn e galw'u hunen, yn mynd i ladd bywolieth y pysgotwyr i gyd'.

Taflodd Sam ei ffag i'r llawr a'i gwasgu hi â'i droed. Dyn bochdew oedd Sam, gyda thrwyn mawr coch. Yn yr haf, byddai haul y môr yn cochi ei foche fel afale ac yn gwneud i'r dotiau duon o gwmpas ei drwyn fod mor amlwg â cherrig mân ar dywod melyn. Roedd yna rychau siâp adenydd gwylanod yng nghroen ei wddwg, ac fe wisgai'r un trowsus brown, welingtons a fest wen bob tro y deuai o gwmpas. Rhwbiodd ei fol ac edrych ar Sianco gan wenu. Daeth Martha i'r golwg.

"ABERAER–" dechreuodd Sam.

"Olreit, olreit!" torrodd Martha ar ei draws.

"Shwd 'ych chi, Matilda? Dow dow, chi'n edrych yn bert heddi! Waco i fod, o's e?"

Roedd cwrlers sbwng pinc yng ngwallt Martha a phwrs yn ei dwylo, ond doedd dim gwên ar gyfyl ei gwyneb. Yn y blynyddoedd cynnar, pan fyddai Sam yn galw byddai hi'n ei gywiro pan fyddai'n ei galw hi'n 'Matilda', ond ar ôl ryw bum mlynedd sylweddolodd nad oedd hi damed gwell. Sylweddolodd hefyd, serch hynny, pan oedd Judy ar y clôs rhyw ddiwrnod iddo ei galw hithau'n 'Matilda'. Felly, dim ond ffordd o osgoi gorffod cofio enwau ei gwsmeriaid oedd yr arferiad, a damwain oedd hi bod 'Matilda' yn swnio'n debyg i 'Martha'.

"Faint chi'n moyn heddi de, Misys? Weden i bod whant bwyd arnoch chi. Ma'n siŵr bod hwn yn galler staco nhw i gadw," meddai gan roi un llaw gyfeillgar ar ysgwydd Sianco â chwifio'r gyllell finiog yn y llall.

Roedd llyged Sianco ar goll yng nghefen y fan oedd yn llawn dop o focsys a physgod fel teigars streipiog, arian ynddyn nhw. Roedd y rheini'n taflu golau'n ôl trwy dywyllwch i gefen yr hen Fforden. I Sianco, roedd y creaduriaid yma fel pe baen nhw'n dod o fyd arall. Byd o ddŵr a halen a phethe rhyfedd, pob un yn gwmws yr un peth, ond â phatrwm gwahanol arnyn nhw. Dege ar ddege yn gwmws yr un peth, ond mor wahanol ag ôl bysedd. Roedd Sianco wrth ei fodd.

"Chwech heddiw, os gwelwch chi fod yn dda."

"Cofiwch fod y crwt 'ma'n dal i dyfu," winciodd Sam gan dreial ei lwc.

"Bydd chwech yn iawn."

"Chwech mowr de."

"Na, chwech y seis arferol. Ma nhw'n ffeinach na'r rhai mowr."

"Reit-o, chwech amdani," atebodd Sam gan ddechrau twrio yn y cymysgedd cnawdiog y tu ôl iddo. Dewisodd chwech a'u rhoi yn y glorian.

"'Na fe, ma rheina'n jest dros chwe phwys fel'na."

"Gobeithio'ch bod chi'n mynd i'w glanhau nhw gynta cyn pwyso, Sam."

"Wel, wel, wel, chi'n anodd 'ch plesio ond 'ych chi te," meddai'n theatrig. "Ry'ch chi'n 'y nala i bob tro." Winciodd ar Martha y tro hwn.

Byddai Sam yn eu gwerthu'n gyfan fel arfer, ond gyda Martha am ryw reswm – efallai oherwydd ei gwyneb llonydd, tawel – fe fyddai'n eu glanhau cyn eu pwyso, er mwyn rhoi gwell bargen iddi. Byddai'n taflu un i mewn am lwc hefyd bob tro.

Gwyliodd Martha a Sianco Sam yn gwasgu'r gyllell i mewn i'r croen caled a gadael i'r perfedd pinc wthio mas. Yna, fe dorrodd y pennau bant ac yn ola fe redodd hawch y gyllell lawr asgwrn cefen pob un gyda 'thic tic tic' lle byddai metel yn neidio dros bob asen er mwyn naddu'r llinell o waed du fyddai fel arall yn sarnu'r blas. Pwysodd nhw eto a'u lapio mewn papur newydd a gollyngodd Martha'r arian i mewn i'w law a oedd bellach wedi'i gorchuddio â dafnau o waed a sleim a'u haddurno â chroen arian.

"Thanc iw big, Matilda!"

Taflodd yr arian i dwba hufen iâ, yna crafu'r pentwr o berfedd i bapur arall a'i wthio i ddwylo Sianco ar gyfer y gath. Taflodd y cyfan i gefen y fan a chaeodd y drws gyda chlep. Neidiodd i mewn i'w sedd a gyrru i ffwrdd ar don o ddwst sych gan weiddi, "wela i chi blwyddyn nesa nawr de, os bydda i'n dal ar ddŵr y byw!"

Gwyliodd Martha a Sianco fe'n mynd, a'r ddau'n dal eu pecynnau rhyfedd fel dau gwch yn siglo ar ôl i long fynd heibio.

Fyddai Mami byth yn gadael i fecryll ddod yn agos i dŷ Graig-ddu. Hen fochyn o bysgodyn yw e, medde hi. Yn byta unrhyw beth, abo a'r cwbwl, ar waelod y môr. Ddim gwell na hen lygod Ffrengig. Hen bethe brwnt.

Gosododd Martha nhw ar eu cefne yn y ffwrn a glawio tamed o halen yn ofalus ar y cnawd golau. Caeodd y ffwrn ac aeth i dorri tafelli trwchus o fara gwyn a'u gosod yn y fasged ar y ford. Gofynnodd i Sianco agor y ffenestri hefyd rhag yr arogl. Roedd Jac yn ymolch. Yr unig ddylanwad da a gâi Judy arno oedd ei fod yn molchi tamaid bach yn fwy trylwyr nawr yn hytrach na'r llyfad cath oedd e'n arfer ei gael. Sylweddolodd Martha ei bod hi heb weld Judy ers sbel. Yn ôl Jac, roedd hi bant yn 'sortio rhyw bethe gyda'r ysgariad'.

Twyllodd Martha Sianco i adael iddi redeg fflanel drosto ben bore trwy ddweud na châi ddod ar y picnic os na fyddai'n molchi, ac y byddai'n rhaid iddo fe a Bob aros gartre. Pan oedd e'n fach, byddai Mami yn ei orfodi i sefyll ar ben stôl er mwyn iddi gael ei olchi â fflanel a phadell o ddŵr poeth gan fod arno ofan y dŵr dwfn yn y bàth. Erbyn hyn, fe fyddai Sianco'n eistedd tra bod Martha'n golchi ei hanner ucha ac yn sgwrio'r cnawd gwyn nes ei fod yn goch i gyd. Fe fyddai'n ei adael wedyn i olchi ei odre a byddai'n gwneud hynny gan edrych o gwmpas yn wyllt i wneud yn siŵr bod Martha wedi troi'i chefen. Roedd e'n eistedd ar y sgiw erbyn hyn yn gwisgo siwmper lân, a'i foche fe'n goch am unwaith o ganlyniad i'r holl rwbio. Roedd Martha hyd yn oed wedi'i berswadio i roi ei gap gwlân gwyrdd iddi er mwyn cael ei olchi, ac roedd hwnnw'n hongian ar beg dros y stof ac yn edrych fel petai wedi pwdu.

Tra bod y mecryll yn coginio, fe dynnodd Martha'r cwrlers mas o'i gwallt, rhedeg ei dwylo drwyddo a thynnu'i brat. Daeth Jac i'r gegin ac eistedd yn swrth ar y sgiw. Roedd hwnnw wedi siafio 'fyd. Agorodd Martha'r ffwrn a llenwyd y gegin ag arogl hallt y môr. Arogl yr haf ac arogl gwyliau. Edrychodd Martha ar y saith saig a'u tynnu gerfydd eu cynffonnau ar blât. Gorchuddiodd nhw â ffoil a llenwodd y fflasg â the. Pan oedd y cyfan yn barod fe gododd Sianco a Jac gan dilyn Martha mas drwy ddrws y bac.

Cerddodd y tri, fel roedden nhw wedi arfer gwneud, i fyny'r lôn gyda Sianco ryw ganllath ar eu hôl. Martha a gariai'r fasged, tra bod Jac yn ymlwybro'n arafach nag arfer ac yn tynnu'i anadl yn swnllyd. Aeth y tri heibio i Ga' Marged a'r Macyn Poced ac yn syth i fyny i'r Banc Ucha lle'r oedd yr olygfa orau. Roedd y tri wedi dod i'r fan hyn bob blwyddyn ers cyn cof, gyda Mami a Dat i ddechrau wrth gwrs. Fel arfer byddai Jac yn wenw'n i gyd oherwydd iddo orfod cymryd pnawn bant. Doedd segura ddim yn dod yn naturiol iddo fe ond, eleni, fe ddaeth fel oen bach.

Eisteddai'r tri ar y bancyn ac roedd y cwm i gyd wrth eu traed. Roedd hi'n boeth ac fe godai'r pryfed wrth i

Martha agor y garthen a'i gosod ar lawr. Wrth i'r tri eistedd rhedodd Bob i ffwrdd i ryw lwyn cyfagos. Ar ôl bwyta'r mecryll a'r bara ac yfed y te, fe orweddodd Sianco a cheisio mesur y cymylau gyda'i fysedd. Roedd Martha a Jac yn dawel.

Oddi tanynt roedd y dre, a honno'n llawn bwrlwm gŵyl y banc. Y tu ôl iddyn nhw roedd eglwys y pentre, a sŵn plant yn chwarae ar feiciau o gwmpas y sgwâr yn eu cyrraedd nawr ac yn y man ar y gwynt. Injan wair yn y pellter a phryfed yn hedfan ambwti yn gymysg â'r dail o'u hamgylch. Dyma'r unig brynhawn y byddai'r tri yn ei gael iddyn nhw'u hunain heb wneud dim tan amser godro. Eisteddai Jac yn anghyfforddus o syth yn ei drowser glân.

"Llain yn hwyr â'u cynhaea leni," sylwodd Jac.

Daliodd Sianco ati i fesur, ond fe ddechreuodd gyfri faint o adar oedd yn yr awyr hefyd.

Roedd bysedd Martha'n saim i gyd ar ôl bwyta'r pysgod ac eisteddai yno'n ofalus rhag i'w dwylo gyffwrdd â'i throwser llac, a'i ddwyno. Damniodd na fyddai hi wedi rhoi ei brat i mewn yn y fasged. Roedd hi'n poethi ac fe dynnodd Jac ar ei goler.

"Ma hi'n neis 'ma, on'd yw hi?" meddai Martha.

Yn y pellter, roedd y môr yn un llinell, fel stripyn golau'r parlwr godro. Edrychodd Martha'n ôl ar y fynwent.

"Chi'n cofio'r diwrnod pan ddaeth y Jehova 'na rownd a Mami ar ganol paentio'r stâr?"

Roedd Jac wrthi'n ceisio cadw pryfyn mas o'i lyged.

"Wedodd e wrthi bod diwedd y byd yn dod mewn wythnos."

Gwenodd Jac yn ara, ara.

"A wedodd Mami wrtho, *'then why am I bothering painting these flipin stairs?'*"

Chwarddodd Jac yn dawel. Gwenodd Sianco oherwydd bod pawb arall yn gwneud ac yntau ddim eisiau cael ei adael mas. Chwaraeodd Martha â'r borfa ar gornel y garthen a gwyliodd bry cop yn ceisio dringo ar y defnydd. Roedd pen Jac yn dechrau poethi.

"A'r diwrnod pan dda'th pawb i helpu 'da'r gwair," dechreuodd Jac, a Martha'n gwenu, "a Mami wedi neud brechdane'r nosweth cyn 'nny i ni. Mas â ni i'r ceue a pan dda'th hi'n amser cinio 'ma pawb yn palu mewn i'r brechdane yn y bocs bwyd. Dim ond bara o'dd 'na! Hwnco wedi codi ganol nos ac wedi byta'r ham i gyd mas o ganol pob brechdan!"

Gwenodd Sianco gan godi ar ei eistedd, wedi cael digon ar fesur y cymylau.

Tynnodd Martha ddeilen iorwg oddi ar goeden oedd ar bwys ac edrych arni. Roedd hi'n llyfn ac yn oer, yr un maint â'i llaw. Byddai Mami yn ei gorfodi i ddilyn pob gwythïen mewn deilen iorwg â nodwydd pan oedd hi'n fach, gan wneud pigiadau'r holl ffordd ar hyd pob llinell. Roedd hyn i fod wella sgiliau Martha wrth ddefnyddio nodwydd. Pan na fydde hi'n ei wneud e'n ddigon da, bydde hi'n cael bonclust. Roedd 'na nodwydde yng ngwythienne dwylo Mami erbyn y diwedd. Taflodd Martha y ddeilen bant.

"A'r nosweth 'nny o'dd hwn wedi bod mas ganol nos yn cerdded ambwti! Ac fe dda'th e lan stâr a gwaeddes i, 'Sianco! Ti sy' na?' Dodd e ddim ise ateb a nath e sŵn cyfarth yn lle 'nny a fe wedes i, 'o, ti Bob sy' na, ife?' Hwnco'r twpsyn wedyn yn ateb 'Ie'!"

Roedd Jac yn corco chwerthin a Martha'n ffeili pido â gwneud yr un peth wrth edrych ar ei wyneb yn ifanc gan chwerthin. Dechreuodd Sianco chwerthin hefyd, ac fe ddaeth Bob yn ôl o rywle â'i gwt yn syth yn yr awyr yn edrych fel pe bai wedi cael sioc. Tynnodd Jac anadl hir.

"Ble'r a'th y cwbwl?" gofynnodd Jac i'r awyr ac fe safodd y cwestiwn yn y gwynt, uwchben y bwrlwm islaw eu traed.

Sythodd gwên Martha'n ara bach, bach nes ei bod yn rhythu o'i blaen wrth iddi geisio meddwl am ateb.

"Reit te," meddai Jac gan dorri ar draws meddyliau Martha a sychu'r briwsion oddi ar 'i drowser. "Mae'n well i ni fynd. Ma 'da ni flwyddyn arall o waith i neud."

Paciodd Martha'r cyfan i gadw ac fe gerddodd y tri am y tŷ gan adael i brysurdeb y byd gario mla'n hebddyn nhw, gyda Bob yn cyfarth ar eu holau.

Pennod 29

"BLE A'TH Y LLO BACH 'na wedyn, de? Ma hi wedi dod â fe, dwi'n gwbod 'i bod hi."

Daeth Jac i mewn am frecwast â'r lliw yn uchel ar ei fochau. Daeth Sianco ar ei ôl yn gwenu o glust i glust.

"Beth sy'n bod nawr te, Jac?"

"Y ffycin fuwch 'na 'di dod â llo ac wedi'i gwato fe."

Chwarddodd Sianco cyn i Jac daflu golwg fel bwceded o ddŵr oer ar ei draws.

"Chi'n siŵr bo hi 'di dod ag e?"

"Beth uffarn chi'n feddwl, fenyw? O'dd hi 'di sinco neithwr ac ro'dd y bledren ddŵr a'r brych yn y ca'."

"O."

"Ie 'O'!"

"Chi 'di whilo'n bobman yn y ca'?"

"Be chi'n ffycin feddwl te, fenyw?"

Eisteddodd Jac i lawr yn ddiamynedd wrth y ford. Er bod y c'naea yn yr ydlan a'u bod nhw'n mynd i gynaeafu'r barlys heddi, roedd Jac yn wenwn i gyd. Roedd y fuwch wedi dewis y diwrnod anghywir i gwato'i llo. Fe fydden nhw'n neud hyn weithiau, ond Duw a ŵyr pam. Bydden nhw'n cuddio'r llo bach mor dda, nes weithie roedd diwrnode'n mynd heibio cyn iddyn nhw ddod o hyd iddo fe. A dim rhywbeth roedden nhw'n ei ddysgu oedd e chwaith – roedd rhai buchod yn ei neud e gyda'u llo cynta, felly doedd ysgol brofiad ddim ynddi. Daeth Martha â'r platie at y ford.

"Bydd rhaid i ni gerdded bob cam rownd y ca' 'na, ynta, rhag ofan 'i fod e wedi mynd mas rhywle."

Bwytodd Sianco'n dawel. Roedd rhywbeth mor anturus mewn mynd mas i ffindio rhywbeth doedd neb wedi'i weld.

"O'dd rhaid i'r hen bitsh neud hyn heddi, a ninne ise dod â'r barlys mewn 'fyd?"

Roedd hi'n ddiwrnod braf a'r haul wedi meddalu dipyn o'i gymharu â dechrau'r flwyddyn. Roedd croen Sianco'n frown a'i drwyn e'n binc, a phan rowliai Martha ei lewys roedd 'na linell dywyll yn dynodi lle'r oedd ei lawes yn cyrraedd. Roedd Martha wedi glanhau'r tŷ o'r top i'r gwaelod ddoe, gan agor y ffenestri i gyd a'u gadael ar agor drwy'r nos. Roedd Mami wastad yn gwneud hyn wedi iddyn nhw orffen yr wyna a'r c'naea gwair a phopeth arall. Rhyw ddweud 'ta ta' wrth y flwyddyn waith oedd wedi pasio, ac edrych ymlaen at y c'naea barlys a'r hydref. Roedd y ffenestri wedi cael sgrwbad, y dillad gwely wedi bod ar y lein, ac roedd hi hyd yn oed wedi rhoi rhwbiad i'r piano, er bod dim syniad 'da hi pam.

"A' i a Sianco i edrych am y llo nawr; bwrwch chi mla'n 'da'r barlys."

Edrychodd Jac arni'n dawel. Roedd gadael unrhyw beth i rywun arall ei wneud yn straen iddo, ond roedd amser yn gwasgu a gorffod iddo nodio'i ben yn dawel cyn taflu'r gyllell a'r fforc i lawr ar y ford. Roedd e'n gwisgo fest heddiw, a dim crys. Fyddai e byth yn mynd heb grys tsiec, felly roedd yn rhaid ei bod hi'n boeth. Roedd y defnydd yn dynn am ei fola a'r chwys ar ôl godro'n batshyn ar ei chest. Gwthiodd ei sedd am yn ôl ac aeth mas. Byddai ei feddwl e wastad yn rhywle arall adeg c'naea.

Safodd Sianco ac fe helpodd Martha i olchi'r llestri gan adael iddyn nhw sychu'n naturiol yng ngwres y gegin. Gwisgodd Martha facyn am ei phen rhag yr haul ac aethon nhw mas yn dawel bach i chwilio am y llo.

Pwysodd y ddau ar giât y ca' lle roedd y fuwch yn pori, ei chader yn drwm ac yn llawn a'r gwythiennau arni'n dew. Doedd dim dowt ei bod hi wedi lloia. Gallai'r ddau eistedd ac aros i'r llo ddod i fwydo, ond gallai hynny gymryd ache ac roedd yn rhaid mynd i helpu Jac felly fe aeth y ddau trwy'r bwlch a dechrau cerdded o gwmpas y cloddie. Roedd buwch yn greadur amddiffynnol dros ben, felly fe ddylai hi fod yn hawdd dweud pan fydden nhw'n agos iawn at y llo. Roedd Jac wedi cael ei daro gan fuwch un flwyddyn, ac fe synnodd at y ffordd roedd buwch Fresian, laethog yn medru troi'n fwystfil milain os gwthiech chi 'ddi.

Cerddodd y ddau'n ara gan gadw llygad ar y fuwch, ond symudodd hi ddim. Cerddodd y ddau yr holl ffordd o gwmpas y cae gan edrych i mewn i'r cloddie a gwthio pastwn i mewn i unrhyw ddrysni. Gallai Martha ddychmygu'r llo yn eistedd yn ei newydd-deb, a'i glustiau mawr a'r amrannau hir tywyll yn mwynhau llyfnder y borfa dan ei fol, a'r gwres ar ei gefn, gan wybod nad oedd ei fam ymhell. Dim golwg. Wedyn, cerddodd y ddau y ffordd arall o gwmpas y cae gan chwilio'n ddyfal unwaith eto. Dim byd. Roedd Sianco'n crafu'i ben.

"Dere, ewn ni mas rownd y cloddie ochor draw. Falle'i fod e 'di mynd mas rhywle, tweld."

Cerddodd y ddau o gwmpas pob clawdd allanol hefyd gan graffu a gweiddi weithiau yn y gobaith y câi'r un bach ofan a chodi mas o'i guddfan. Dim byd.

Roedd Martha'n siwr eu bod nhw wedi treulio dros awr a hanner erbyn hynny, ac y byddai Jac yn hen barod am eu help.

"Dere, gad hi am nawr, dewn ni nôl heno."

Roedd Sianco'n awyddus i gerdded o gwmpas eto am fod yr antur wedi cydio ynddo. Roedd e bron bwrw'i fogel eisiau bod y cynta i ddod o hyd i'r llo er mwyn gallu gweiddi ar Martha a chael honno'n ei gydnabod fel yr un a ffindiodd y llo.

"Dere."

Roedd Sianco'n dal i wthio'i bastwn i'r clawdd ond, yn ei galon, roedd e'n gwybod nad oedd dim pwynt. Dilynodd Martha am y clôs â'i ben i lawr. Wrth gerdded, sylwodd Martha fod pobman yn dawel. Gwrandawodd y ddau ar yr adar yn canu. Roedd Roy'n crafu drws ei gwt eisiau cael dod yn rhydd ac yn gwenwyno'n uchel. Gollyngodd Sianco Bob mas a gadael iddo eu dilyn.

Cerddodd y ddau o'r clôs am Ga' Marged, a Sianco erbyn hyn wedi anghofio'i siom wrth fethu â dod o hyd i'r llo. Roedd e'n enwi'r blodau yn y cloddie unwaith eto. Gwrandawodd Martha arno. Trodd y ddau i mewn i'r cae. Roedd y barlys yn werth ei weld, yn donnau melyn cyson heddiw am fod awel fach wedi codi. Edrychodd y ddau o gwmpas. Roedd y peiriant yng nghornel y ca'n barod ond doedd dim sôn am Jac. Roedd y brain yn drwch ar y dderwen a chlwstwr arall yn hofran uwchben y goedwig fel glaw.

Cododd gwres o'r ddaear a llenwi ffroenau Martha a Sianco gyda'i arogl melys, cynnes. Roedd Bob yn chwilota yn y barlys yn barod.

"Ma fe yn y tŷ, siŵr o fod," wedodd Martha gan ddechrau cerdded at y peiriant. Aeth o gwmpas cornel y cae rhag troedio'r barlys ar yr awr ola. Aeth Sianco i chwilio am Bob gan ei fod wedi rhedeg i rywle ac yn cyfarth a chyfarth ar ryw bŵr-dab.

Edrychodd Martha ar y peiriant, yno'n boeth yng ngwres yr haul. Cyffyrddodd â'r metel porpoeth a thynnu'i llaw yn ôl. Hwn oedd diwrnod poetha'r flwyddyn, siŵr o fod.

"M... M... Martha!"

Cododd Martha ei phen a gweld Sianco'n rhedeg tuag ati fel ffŵl. Roedd y barlys yn tasgu i bobman.

"Be ti'n neud, y twpsyn? Watsha'r barlys 'na!"

"M... M... Martha!"

Stopiodd yn stond rhag sarnu'r barlys. Edrychodd ar ei draed a phwyntio at y bwgan brain.

"Ma... Ma... Jac..."

Sylweddolodd Martha fod Sianco'n llefen. Dechreuodd redeg tuag at Bob oedd yn cyfarth ynghanol y cae. Rhedodd Sianco o'i blaen.

Wrth droed y bwgan roedd Jac yn gorwedd â'i lygaid ar gau. Roedd y croen ar ei wyneb yn goch ac yn las ar yr un pryd. Syrthiodd Martha ar ei phengliniau.

"Jac... Jac... Jac, gwedwch rywbeth." Tynnodd ar ei fest. "Jac..."

Rhoddodd ei phen ar ei chest i weld a oedd e'n anadlu. Gwrandawodd, a gweld Sianco'n sefyll uwch ei phen yn byseddu defnydd ei drowser ac yn symud o un goes i'r llall gan ochneidio.

"Ma fe dal yn anadlu, ond dim lot... dim digon. Jac!... Jac!... fi'n mynd i... fi'n mynd i ffonio rhywun!"

Edrychodd Martha'n ôl at y tŷ. Allai hi ddim anfon Sianco, er y byddai e'n gallu symud yn gyflymach na hi. Tynnodd y macyn oddi ar ei phen a'i roi dros wyneb Jac rhag yr haul. Doedd y bwgan ddim yn rhoi unrhyw gysgod iddo.

"A... A... Aros di fan'na nawr te, Sianco, ti'n deall?"

Roedd golwg eisiau rhedeg i ffwrdd ar Sianco.

"Aros di fan'na a phaid ti â'i adel e am eiliad."

Nodiodd Sianco'n fud.

"Fydda i ddim yn hir."

Cododd Martha a rhedeg mor gyflym ag y gallai hi trwy'r barlys tuag at y tŷ. Doedd dim cerbyd yn y lle am fod Judy wedi mynd â'r 4x4 i'r dre a fyddai hi ddim nôl am orie. Yr unig ddewis arall oedd ffonio'r ambiwlans, ond fe fydde rheini orie cyn cyrradd ynta. Meddyliodd am ffonio Wil, neu Gwynfor. Cyrhaeddodd y tŷ, a rhuthro i'r pasej â'i dwylo'n crynu wrth iddi ddeialu ar yr hen ffôn.

"Ambulance please, very quickly!"

Roedd y fenyw'r ochr arall yn swnio'n bell i ffwrdd.

"It's my brother, yes, he's fallen down in the field. Graig-ddu…"

"Grig-du?"

"Yes, Graig-ddu. No, there's no house number… Yes, I can, G R… ym… A… I… yes for Ifor… G… double D… U for umbrella."

Clywodd y fenyw'r ochor draw'n teipio'n ara.

"It's not in a town, the nearest village is Llanmydr. Yes… L L A N M Y D R. Please have you got anyone who speaks Welsh?

"Well, you'll have to come to the village, and once you've passed the church you have to turn left. But that's the church; don't turn left by the chapel or you'll be all wrong. Follow that road for two miles and then you've got a fork in the road… yes, a fork… and you've got to take the right lane."

Roedd y panig yn chwyddo ym mrest Martha.

"Are they on their way? Sorry, yes, please, he's very ill. Yes, take the right lane and then carry on that one for a hundred yards. Then it's the second lane on the left. You can't miss it. No… No… there's no sign on top of the lane but I'll send my little brother to stand there… I'll send my little brother to

stand at the top of the lane so you know it's the right place.
Mobile? No… I don't think I've got one. Yes. Thank you very
much."

Rhoddodd Martha'r ffôn yn ôl yn ei grud, yna aeth i
nôl clwtyn a'i redeg dan y tap dŵr oer. Rhedodd yn ôl i'r
cae a'i roi ar dalcen Jac. Roedd hwnnw'n dal yn yr un stad
gyda Sianco'n eistedd wrth draed y bwgan yn edrych arno
â'r dagre'n llifo i lawr ei fochau.

"Cer i sefyll ar ben y lôn, Sianco, i ti ga'l dangos i
ddynion yr ambiwlans 'u bod nhw yn y lle iawn. Cer i
aros 'na, a phaid symud nes 'u bod nhw'n cyrraedd. Dwi
'di gweud 'tho nhw byddi di 'na. A dere â nhw i fan hyn
yn stret."

Cododd hwnnw ar ei draed, yn falch o gael rhywbeth
i'w wneud. Rhedodd nerth ei draed at dop y lôn. Gwyliodd
Martha fe'n mynd a chydiodd ym mhen Jac a'i osod yn
ei chôl. Roedd hi'n dawel unwaith eto ac anadlu Jac yn
ysgafnach ac ysgafnach. Edrychodd Martha o'i chwmpas.
Roedd e'n siŵr o fod wedi bod yn gorwedd yno ers sbel,
gan fod y barlys wedi'i stablan oddi tano a hynny'n
awgrymu ei fod wedi bod ar ddihun am beth amser ar ôl
cwympo. Gosododd Martha law dros ei galon gan geisio
teimlo'i churiadau. Deuai'r rheini mor ysgafn â glaw
mân. Chwythai'r gwynt gan wneud i'r barlys sisial o'u
cwmpas a'r brain yn hedfan yn agosach ac agosach. Roedd
gwefusau Jac yn sych ac yn las a rhyw wrid annaturiol ar
ei fochau. Daliodd Martha ei ben yn ei chôl a gwasgodd
ei llaw ar ei galon. Erbyn hyn roedd yr haul wedi symud
gan ymestyn cysgod siâp croes i lawr dros y ddau.

Ymhell yr ochr draw i'r pentre, roedd yr ambiwlans
ar goll a'r ddau yrrwr o Loegr yn gorfod tsecio ac ail-
tsecio enw pob lle gyda'r contrôl. Doedd honno ddim yn

gyfarwydd â'r ardal chwaith, wrth iddyn nhw chwilio am ffarm anghysbell gyda bachgen bach wedi cael ei anfon i sefyll ar dop y lôn.

Pennod 30

E RBYN I'R AMBIWLANS GYRRAEDD a gallu deall Sianco, gan fod ei atal dweud wedi gwaethygu ar ôl yr holl sioc, roedd anadlu Jac wedi gwanhau eto. Roedd Martha wedi llefain gymaint nes bod ei choler hi'n wlyb stecs. Ffaelodd yr ambiwlans â dod ymhellach na giât y cae ac fe gariwyd Jac o'r cae fel corff. Gwyliodd Sianco, gan gofio am y diwrnod y buodd e'n cario'r bwgan brain mas o'r stordy gyda Martha, a dilyn yr un llwybr. Rhedodd Martha i'r tŷ i nôl cardigan a'i phwrs a daeth yn ôl er mwyn cael mynd gyda Jac. Roedd hi wedi esbonio i'r bobol ambiwlans nad oedd ganddi gerbyd i'w dilyn. Dilynodd Sianco hi i mewn i'r tŷ â golwg ofnus arno.

"Reit te, aros ti fan hyn nawr, 'na gwd boy. Bydd Jac yn iawn. Aros fan hyn ac fe ffonia i Wil i ddod draw i odro. Dwi'n siŵr gallith e ddod i ben â phethe."

Nodiodd Sianco.

"Bwyda di'r lloi fel arfer ac fe fydda i nôl gynted ag y galla i."

Doedd dim amser esbonio rhagor a helpodd un o'r dynion hi i ddringo i mewn i gefn yr ambiwlans. Roedd Jac ar ei gefen, blanced yn dynn amdano ac un o'r dynion yn gwthio nodwydd i mewn i wythïen yn ei fraich. Sylwodd Martha fod pigiadau'r gwair yn dal yn greithiog ar hyd ei groen. Gwyliodd Martha Sianco'n mynd yn fach, fach drwy ffenest ôl yr ambiwlans wrth iddyn nhw ymbellhau o'r clôs ac yntau'n magu Bob yn dynn, dynn.

Doedd dim sŵn seiren ar yr ambiwlans gan nad oedd

traffig mas yn y wlad beth bynnag a fyddai dim pwynt ei defnyddio. Eisteddai Martha ar y seddi plastig â'i llygaid wedi'u serio ar wyneb Jac. Roedd dyn yn eistedd wrth ei hochr mewn dillad gwyrdd gyda menig plastig gwyn am ei ddwylo yn rhoi masg o ryw fath dros geg Jac. Masg yn debyg i'r un byddai Jac yn ei wisgo amser c'naea ond bod rhyw beipiau ynghlwm wrth hwn.

"Don't worry, love, your old man'll be fine."

Penderfynodd Martha beidio â'i ateb.

"Looks like he's had some kind of stroke, but his breathing's stabilised now and he looks like a strong 'un."

Sylwodd Martha fod y gyrrwr yn gwneud llygaid ar y dyn wrth ei hochr yn ôl-wydr y cab.

"Giving him a little oxygen now. It'll make it easier for him to breathe."

Nodiodd Martha.

"So that was your little brother, then! We were on the look-out for a kid, you see."

Astudiodd Martha ei dwylo. Sylwodd ei bod hi'n dal i wisgo'i welingtons a bod y rheini'n frwnt i gyd.

Cymrodd dri chwarter awr i gyrraedd yr ysbyty ac fe aeth y dynion â Jac i mewn i berfeddion y lle. Gofynnwyd i Martha eistedd mewn ystafell aros. Roedd y lle yn blastig glân i gyd a'r lloriau'n cael eu byffio â pheiriannau mawr. Roedd rhyw lanhawraig fforin wrthi'n gwthio peiriant yn y coridor nawr. Roedd sawl un arall yn aros hefyd. Menyw'n cydio yn ei gŵr yn annaturiol o dynn, hen ddyn gyda'i ffon a mam mewn siwmper fawr, twll yn ei thrwyn a dau o blant bach yn cysgu yn eu hyd ar y meinciau. Roedd ford ynghanol yr ystafell, blodau arni a llwyth o bamffledi am ryw afiechydon na chlywsai Martha erioed amdanyn nhw. Dim ond dwywaith roedd Martha wedi bod yn yr ysbyty o'r blaen, a'r ddwywaith gyda Mami.

Roedd pethe i'w gweld wedi newid. Bob nawr ac yn y man, byddai'r lleill yn edrych arni, o gorneli eu llygaid ac yn cymryd i mewn pob manylyn amdani – ei welingtons, ei brat brwnt a'i bochau cochion. Troi'n ara roedd bysedd y cloc ac edrychai Martha ar y drysau o hyd ac o hyd. Dim byd. Aeth Martha i chwilio am ffôn ac fe ddeialodd yn ara gan synnu faint oedd galwad yn ei gostio bellach. Ffoniodd Wil ac aros am yn hir cyn iddo ateb. Roedd Wil mas, siŵr o fod, ac yn dechrau mynd yn drwm ei gliw. Atebodd o'r diwedd ac addo mynd draw i Graig-ddu i odro. Esboniodd Martha bod 'na dâp coch ar gytiau'r da sych a hefyd bod yr anner wyllt yn beryg bywyd tase hi'n cael hanner siawns. Er ei fod yn groes i'r graen, fe ffoniodd Martha Judy hefyd. Roedd Jac wedi rhoi rhifau honno iddi unwaith rhag ofan byddai angen cael gafael arno fe rywbryd ac roedd y rhif yn ei phwrs. Atebodd Judy mo'r ffôn, dim ond rhyw fenyw Saesneg yn dweud rhywbeth am neges. Ceisiodd Martha esbonio ond yn y diwedd doedd ganddi ddim digon o arian, er iddi roi punt i mewn. Aeth yn ôl i eistedd. Daeth pen golau rownd y gornel.

"Martha?"

Edrychodd Martha arni. Gwyneb cyfarwydd mewn rhyw ffordd. Roedd cwpaned o de yn ei dwylo.

"Chi'n 'y nghofio i?"

"Gwen."

"Ie, bach yn hynach erbyn hyn. Fe glywes i'ch bod chi 'ma."

"O."

Daeth i eistedd ar bwys Martha a rhoi cwpaned o de iddi.

"Diolch."

"Sa i di'ch gweld chi ers blynydde. Weles i enw Jac ar y rhestr, chi'n gweld. Meddwl wedyn falle bod chi 'ma."

"Fydd e'n iawn?"

Roedd hi'n haws holi cwestiwn mor blentynnaidd i hon rhyw ffordd.

"Wel, mae'n mynd i gymryd sbelen fach a lot o waith ond…"

Rhwbiodd Gwen fraich Martha ac am y tro cynta erioed, teimlodd hi gyffyrddiad rhywun arall yn ddigon cysurus.

"Peidwch â phoeni, dwi wedi dweud wrth nyrsys ar y ward i edrych ar 'i ôl e fel brenin a neud yn siŵr ei fod e'n bihafio!"

Gwenodd Gwen arni a methodd Martha beidio â gwenu'n ôl.

"A shwt ma Sianco?"

"Iawn, fel ma fe."

"O'n i arfer ca'l lot o sbort 'da fe."

"A shwt ma'ch gŵr chi?"

"Iawn. Dal i grafu'i geiniog yn y garej, ac ma'r crwt 'na wedyn ag elfen ffarmo gref, yn was ffarm yn Faedre Ucha ar hyn o bryd. Bydd e'n priodi nawr whap. Sa i'n gwbod ble ma'r amser 'di mynd."

Daeth bip bip o rywle, ac fe edrychodd Gwen ar ryw focs bach ar ei gwregys.

"Wps, reit, gwell i fi fynd. Peidwch â phoeni nawr te, fe ddeith rhywun i siarad â chi whap ac wedyn fe gewch chi fynd i'w weld e."

Nodiodd Martha a cherddodd Gwen i ffwrdd. Difarodd Martha na fuase hi wedi diolch iddi, a gwyliodd y cefen gwyn yn diflannu trwy'r drysau.

"Mrs Williams?"

Nyrs a golwg brysur arni.

"Miss Williams."

"O Sorry, please come with me."

Dilynodd Martha'r nyrs ar hyd y coridor yn teimlo'n euog wrth iddi ddamsgen ar y llawr sgleiniog.

"Right then, have a seat."

Eisteddodd Martha gan sgriwio lledr ei phwrs a bysedd ei llaw dde.

"Right then, your... ym..."

"Brother."

"Right, your brother. He seems as if he's had a stroke.

"So he'll not be able to work on the farm for a while?"

Roedd hwn yn gwestiwn od, meddyliodd y nyrs, gan fod y brawd mor sâl.

"No, but we'll have to do further tests on him."

"Right." Gwyddai Martha byddai bod ar y fferm heb fedru gweithio'n waeth clefyd nag unrhyw strôc i Jac.

"I can take you to see him now... and then I expect you might like to get home. He'll just be resting for a while now. Somebody's coming to get you I take it?"

"Yes... Yes of course," atebodd heb syniad pwy.

Dilynodd Martha'r nyrs i lawr twll cwningen o goridor ac yno, mewn ystafell ar y pen, roedd Jac ar wely. Roedd ei ddillad mewn bag plastig wrth ochr y gwely a'i sgidie brwnt mewn bagie ar wahân. Yn ei wythiennau roedd tiwbiau, ac roedd yna rywbeth ar ei chest yn cyfri curiadau'i galon fel gwnaeth Martha yn y ca'. Roedd ei wyneb yn llwyd a'r croen fel gwair yn barod i'w gynnu gan ei wres. Doedd dim syniad ganddo ei bod hi yna, a meddyliodd Martha pa mor fach roedd ei brawd mawr yn edrych ar y gwely gwyn. Aeth yn agosach ato a thynnodd y nyrs stôl fach iddi gael eistedd ar ei bwys.

Yn Graig-ddu, roedd Sianco wedi gorffen bwydo'r lloi a Wil wedi gwneud ei orau i odro'r da. Bu'n rhaid iddo gymryd ei amser am nad oedd e wedi ddefnyddio'r hen barlwr godro fel roedd yn Graig-ddu ers iddo fod yn grwt ifanc ar ryw ffarm arall. Daeth i ben â hi, ond roedd e'n nerfus ynglŷn â golchi'r system yn lân wedi godro; doedd dim byd i'w wneud ond gwneud ei ore. Roedd popeth yn gweithio 'da Jac, ond doedd dim ceiniog, yn fwy na beth oedd rhaid, wedi cael ei gwario ar y parlwr ers blynydde. Roedd y cwbwl yn hen, a dim ond jest yn ddigon da i wneud y gwaith. Byddai Wil bob tro'n ffili â deall pam na fyddai e'n treial gwneud pethau'n haws iddo fe'i hunan, ond roedd Jac yn henffasiwn fel'na. Os mai dyna'r ffordd roedden nhw wedi bod yn neud rhywbeth yn Graig-ddu, yna fel 'nny oedd ei wneud e o hyd, er bod pawb arall wedi symud 'mla'n ers oesoedd. Gadawodd y da mas o'r iard odro a symud y ffens drydan. Ar ôl edrych ar y stoc, fe adawodd Wil am tua wyth o'r gloch. Meddyliodd am fynd i siarad â Sianco, ond ers iddo fod yn fachgen bach doedd e ddim 'di gallu siarad â Sianco. Byddai'n teimlo ei fod e'n siarad gyda fe'i hunan bob tro byddai'n trio cael gair 'da fe.

Ceisiodd Sianco aros am Martha'n dawel yn y tŷ, ond methodd ag eistedd yn llonydd. Disgwyliai i Wil ddod i siarad ag e, ond fe glywodd e'n gadael, ac erbyn iddo redeg mas i'r clôs roedd dwst yn codi o'i Land Rover hanner ffordd i fyny'r lôn. Roedd Sianco eisiau gweld a siarad â rhywun.

Yn ara bach, fe gerddodd yn ôl i Ga' Marged ac edrych ar y siâp roedd corff Jac wedi'i adael ar ôl yn y barlys. Roedd marciau teiars yr ambiwlans yn dal wrth y giât, a'r llwybrau roedd Sianco wedi eu creu wrth redeg i nôl Martha a rhedeg i dop y lôn yn dal yn amlwg. Roedd hanes y diwrnod i'w weld yn y barlys o'i flaen, pob symudiad, pob digwyddiad. Edrychodd i fyny ar y bwgan ac edrychai hwnnw i lawr arno gyda'i wên grwca. Yn sydyn, fe deimlodd Sianco'r casineb mwya a deimlodd erioed yn blodeuo yn ei chest. Bwrodd y bwgan â'i holl nerth. Bwrodd e fel petai'n bwrw person go iawn. Tarodd fol y bwgan nes bod y stwffin gwellt yn tasgu ar hyd y lle a nes bod ei ben – a oedd yn lolian beth bynnag – yn hongian yn iselach byth. Ciciodd y groes bren nes bod ei draed yn dost a chrafodd y defnydd nes bod ei ewinedd yn gwaedu. Roedd e'n beichio llefen a'r cae'n atseinio o nadu a chrawcian brain. Cydiodd yn ei ben a sefyll yno am ennyd fel petai'n ymbilio am rywbeth. Yna, ar ôl munudau lawer, fe suddodd ar ei bengliniau a thawelu wrth draed y bwgan.

Dechreuodd oeri. Cododd Sianco ar ei draed ar ôl sbel a sychu'i ddagrau â'i lawes gan edrych o'i gwmpas. Roedd hi'n dal yn eitha gole. Cerddodd yn ara bach i'r clôs gan basio'r man lle'r oedd Martha ac yntau wedi bod yn chwilio am y llo ben bore. Safodd am eiliad gan edrych dros y giât i mewn i'r cae. Yno, yng nghanol y borfa hir, roedd y fuwch yn sefyll yn llonydd reit a llo bach newydd yn sgleinio fel ceiniog yn sugno'n awchus ar y gader wen.

Pennod 31

TYFODD CHWYN trwy'r barlys yn y ca' ac fe ddechreuodd bydru'n ôl yn ara bach. Doedd dim amser i'w gynaeafu. Gwyliodd Sianco'r cwbl yn marw nôl ac yn sarnu, ac er na ofynnodd neb iddo fe dynnodd y bwgan brain drylliedig i lawr a'i gario'n ffwdanus yn ôl i'r stordy yn y whilber. Fe gwmpodd y bwgan mas ohono sawl gwaith ar y daith nôl i'r clôs wrth i olwyn y whilber gael ei dal yn y tyllau ar y lôn. Roedd Martha'n treulio'r rhan fwya o'i hamser yn mynd yn ôl ac ymlaen i'r ysbyty ar y bws. Fe fydde hi'n cerdded i'r pentre, neu weithiau bydde Emyr Siop yn dod i'w nôl hi, chwarae teg iddo fe. Doedd Judy ddim wedi dod â'r 4x4 yn ôl ers iddi ei benthyca a doedd dim sôn amdani ers strôc Jac. Rhoddodd Emyr nodyn yn ffenest y siop ac fe ddaeth Martha o hyd i odrwr rhan amser a buodd hwnnw'n edrych ar ôl y pethe roedd yn rhaid eu gwneud ar y ffarm.

Roedd Jac yn gwella'n ara bach ond roedd ei feddwl yn dal yn llawn niwl a'i gorff yn pallu gwneud beth fyddai e'n hoffi iddo ei wneud. Weithiau, byddai'n colli'i amynedd yn llwyr gan weiddi a gweiddi drwy'r nos heb boeni dim ei fod yn cadw pawb arall ar y ward ar ddihun. Weithiau, bydde fe'n gofyn yr un cwestiynau o hyd ac o hyd neu'n methu â chofio enwau pobol ac yn siarad am bobl eraill oedd wedi hen farw. Bryd arall, byddai ei feddwl fel cloch o glir. Roedd hi'n anodd gwybod beth i'w ddisgwyl. Roedd Martha hefyd yn gweld y teithio'n anodd, ac aros am fysys yn flinedig. Roedd y gwaith tŷ yn cael ei esgeuluso a Sianco, fel y lleuad, yn cilio'n fwy ac yn fwy i mewn i'w fyd bach ei hunan, nes ei fod braidd byth yn dweud gair wrth neb erbyn hyn.

Ar ôl bod yn y dre yn prynu pyjamas a sliperi i Jac, gan nad oedd yn berchen ar rai, fe benderfynodd Martha fynd gartre ac ymweld â Jac yn yr ysbyty gyda'r nos. Roedd hi'n dal yn weddol gynnar ac roedd amser ganddi lanhau dipyn, berwi wy i Sianco a cheisio'i gael i ddod ato'i hun damed bach yn fwy. Roedd hi wedi bod gydag Emyr yn prynu mints iddo, felly fe ddylai hi fedru ei gocsio mas o'i gragen. Roedd Sianco fel malwen, yn cilio am amser wrth gyffwrdd â'i gorn. Roedd ei chefen yn dost wrth iddi droi'r cornel i mewn i'r clôs ond fe safodd yn stond pan welodd y 4x4 tu allan i ddrws y bac. Daeth Sianco o rywle a Bob wrth ei sodle.

"M... m... ma Judy 'ma."

Cerddodd Martha heibio iddo heb wrando a mynd yn gyflym i mewn i'r tŷ. Agorodd ddrws y bac a gweld Judy'n dod amdani gyda bagiau dan ei cheseiliau. Stopiodd yn stond pan welodd hi Martha.

"Oh, it's you."

Roedd tynfa porpoeth wedi codi ym mrest Martha a'r tymer yn berwi o gwmpas ei chalon.

"Yes, it's me."

"Just came to collect my things."

"What things?"

"Just bits and pieces, I thought you'd be at the hospital." Oedodd Judy. *"How's Jac?"* gofynnodd o'r diwedd gan godi'i haeliau.

"What do you care? You haven't been to see him at all."

"Oh come on, Martha," dwedodd Judy gyda gwên.

"What?"

"Can you really see me as a carer?"

Gallai Martha fod wedi rhoi slap iddi ar draws ei hwyneb.

"What have you got in those bags?"

"Just some of my clothes and things."

"And how are you going to carry them home?"

"Well, I was thinking of taking the 4x4, seeing as it's mine."

"What?!"

Roedd clustiau Martha'n llosgi'n boeth ac fe gochodd ei brest yn ei thymer.

"I thought this would happen…" rhoddodd ei bagiau i lawr a thynnu papurau mas o'i bag. Taflodd nhw i lawr ar y ford o flaen Martha.

"Go on then, Maaartha, if you don't believe me." Crogodd hi enw Martha ar hyd y sillafau, yn gwybod bod y fath ynganiad yn ei gwylltio.

Cydiodd Martha yn y papurau a'i dwylo'n crynu. Roedd yr ysgrifen yn cadarnhau bod Jac wedi rhoi'r cerbyd yn enw Judy, yn ogystal â swm mawr o arian o gyfrif y busnes. Gwibiodd meddwl Martha i bobman. Allai hi ddim credu'r peth.

"But how could he?" dechreuodd Martha.

"Well, let's just say," edrychodd Judy ar ei hewinedd ac ymestynnodd ei dwylo mas fel cath, *"it's amazing what a little feminine persuasion and a lot of Bells will do. And I do think I should get payment for… well… for services rendered."*

Tynnodd Judy'r papurau o ddwylo Martha ac ailgydio yn y bagiau.

"Wait a minute!" Cydiodd Martha ym mraich Judy ac

wrth wneud fe sylweddolodd mai dyna'r tro diwetha y byddai'n cyffwrdd ynddi hi. Troiodd honno i'w hwynebu a'i llygaid yn herio Martha. Cofiodd Martha i Jac ddod gartre'n hwyr un noson ei anadl yn drewi o wisgi.

"I wouldn't do that if I were you," meddai gan siglo ei braich yn rhydd, *"you don't want me to call the cops on you, do you? I'll have you up for assault."*

"But he's ill, and I need to go back and forth from the hospital. What if he gets critical again?"

"That really isn't my problem, is it?"

Dechreuodd droi ei chefn unwaith eto.

"Wait," medde Martha, *"the ring. At least give me back the ring."*

Trodd Judy i edrych arni'n ara bach gan fwynhau pob eiliad.

"What ring?"

"Mami's ring."

"Oh, this old thing?" meddai gan ei dangos ar ei bys. Tynnodd hi oddi ar ei llaw a'i chwifio o flaen trwyn Martha. *"Sure, you can have it back."*

Mewn ffordd ryfedd daeth ton o ddiolchgarwch dros Martha fel petai cael y fodrwy'n ôl yn dad-wneud y golled arall.

"Sure you can have it back," ailadroddodd Judy gan ei hestyn tuag at Martha. *"Gimme fifty quid and it's yours."*

Tarodd yr ergyd hon Martha yng nghanol ei chest a theimlai hi am y tro cynta ei bod hi'n bosib i galon dorri'n ddwy. Doedd dim dewis. Ymbalfalodd am ei phwrs yn ddiymadferth. Bron nad oedd hi'n medru gweld na theimlo'r arian yn ei bysedd a chymylwyd ei golwg â dagrau. Rhoddodd yr arian i Judy heb ddweud gair a thaflodd Judy y fodrwy ar y llawr o'i blaen. Roedd Sianco'n eistedd wrth y tân â'i ddwylo dros ei lygaid.

"Well, I'd love to stay and chat, but you know how it is, places to go, people to see," cyn troi ar ei sawdl a chlip-clopian mas o gegin Graig-ddu am y tro ola.

Byseddodd Martha'r fodrwy gan wylio'r lliwiau a'r cysgodion yn yr aur. Roedd y metel wedi troelo'n dene, dene gan fod Mami wedi'i gwisgo hi am flynydde a blynydde, hyd yn oed wrth weithio'n galed ar y ffarm, ond doedd hi heb dorri, dim eto beth bynnag.

Ar y lôn, roedd Judy'n gyrru i ffwrdd, heibio i'r barlys yn y ca' a hwnnw'n pydru'n dawel. Tynnodd yn ddwfn ar ei sigarét ac anadlu i ddyfnderoedd ei hysgyfaint. Yna, taflodd y bonyn mas drwy'r ffenest ar dop y lôn, a throi'r miwsig yn uchel cyn dechrau gyrru'n ôl at ei gŵr yn Leeds, yr un nad oedd hi wedi ei adael o gwbwl.

Yr ochr draw i glawdd y ca' barlys, roedd gweddillion yr hen babell. Roedd golwg druenus ar honno, wedi diodde wrth fod mas yn y gwynt a'r glaw nes ei bod bellach yn llwyd i gyd fel hen bothell wedi byrstio a'r croen marw yn raflo'n araf, araf.

Pennod 32

DAETHPWYD Â JAC ADRE wrth i hydref roi'r gymdogaeth ar dân gan oleuo'r cloddie a'r dail yn fflame coch ac oren i gyd. Roedd hi'n dal yn gynnes a'r dail yn cwrlo yn yr awyr sych. Cariwyd ef i fyny'r grisie gan y dynion ambiwlans a'i roi yng ngwely Mami a Dat. Gwyddai Martha fod angen llonydd arno i wella heb gael Sianco'n ei foddran o hyd. Cafodd Martha addewid y câi fenthyg hen Land Rover Wil nes y gallai chwilio am rywbeth gwell. Ond wrth roi'r allweddi iddi fe wedodd iddo brynu 4x4 newydd beth bynnag ac na fyddai e byth rhagor am gael ei weld yn dreifio hen racsyn o Land Rover ar hyd y lle. Cnoiodd Martha ei thafod a gwenu wrth bocedu'r allweddi. Roedd y ffaith i Wil glywed bod Martha am werthu'r holl stoc wedi ei wneud yn ddyn hael dros dro.

Gadawodd Martha i Jac setlo am dipyn cyn mynd â chinio iddo fe. Dyma'r tro cynta i Sianco ei weld ers rhyw fis ac aeth yn dawel, dawel pan ddaeth Jac i'r golwg o gefn yr ambiwlans. Stôn neu ddwy'n ysgafnach ac yn wynnach ei wedd am iddo dreulio'i holl amser yn y gwely, yn wir roedd Jac yn edrych fel dyn gwahanol. Edrychodd ar Sianco a hwnnw'n gweld bod hanner ei wyneb wedi newid. Roedd ei lygad dde wedi cwmpo a'i foch yn hongian fel defnydd hen sach wlân. Gorweddai ei fraich dde yn ei gôl ar siâp cryman, ond heb unrhyw nerth nac awch. Cariwyd ef i fyny'r grisiau mewn stôl arbennig, strapiau du yn ei ddal rhag cwympo a blanced goch amdano fel babi. Wedodd Sianco ddim gair wrtho a phrin bod Jac yn ei adnabod. Sylwodd Jac ddim ar y rhosynnau roedd Sianco wedi'u casglu yn y bore a'u gosod yn ofalus ar *dressing table* Mami. Wedi'r holl ffws a ffwdan o'i gael i'r llofft ac i mewn i'r gwely, a Jac heb wneud unrhyw sylw ohono, pwdodd Sianco ac aeth mas i gysuro Roy a oedd yn dal i wenwyno a llefen yn ddi-stop ers diflaniad Jac.

Prysurodd Martha gyda'r cinio ac fe dwymodd y cawl mewn sosban drom. Agorodd y ffenestri. Byddai Mami wastad yn gwneud hynny pan fyddai claf yn y tŷ. Bu Martha'n meddwl yn hir cyn i Jac ddod gartre, a welai hi ddim dewis ond gwerthu'r holl stoc a chadw defed tac. Roedd Judy wedi mynd â chynilion y fferm, ond roedd digon ar ôl i gadw'r tri tra bydden nhw, ac yng ngenau'r sach roedd tolio'r blawd. Byddai'n rhaid i Sianco gymryd 'chydig bach fwy o gyfrifoldeb ac fe fyddai'n rhaid i Martha gymryd yr awenau dros yr arian. Troiodd y cawl rhag ofan iddo gydio a thynnodd dorth mas o'r dreser a gwasgu menyn ar ei hwyneb. Rhoddodd y bwyd ar hambwrdd a chario'r cwbwl i fyny'r grisiau gan geisio anwybyddu'r boen yn ei chefn, a hwnnw wedi gwaethygu'n ddiweddar. Gosododd yr hambwrdd ar y llawr cyn troi bwlyn stafell Mami a Dat ac agor y drws. Yna plygodd unwaith eto i'w godi a'i gario i mewn i'r stafell. Roedd Jac yn cysgu. Gosododd y bwyd ar y stôl ar bwys y gwely.

"Jac," sibrydodd Martha a chyffwrdd yn ei fraich.

"Gwen?" Agorodd Jac ei lygaid. Edrychodd ar yr wyneb yn hofran fodfeddi uwch ei ben. Arhosodd Martha i'r niwl gilio.

"Gwen?" gofynnodd eto.

"Nage, Jac, Martha."

"Martha?"

"Dewch, dihunwch nawr te i chi gael bach o ginio."

"Ie, cinio."

Bachodd Martha ei fraich a'i dynnu ar ei eistedd.

"Bydd ise cywen gwair wedyn, on'd bydd e?"

Rhoddodd Martha'r hambwrdd ar ei gôl a gosod y llwy yn ei law dda. Roedd y nyrs wedi pwysleisio ei bod hi'n bwysig iddi ei annog i wneud gymaint ag y gallai e ar ei ben ei hunan. Ond roedd rhai pethau'n amhosib o hyd. Golchi, mynd i'r tŷ bach. Gwyliodd Martha wrth i Jac anelu'r llwy am ei geg. Collodd afael arni ac fe gwmpodd yn un glec swnllyd ar yr hambwrdd gan dasgu cawl ar ei hyd.

"Ffycin thing!"

Gwenodd Martha wrth sychu'r diferion. Gwenodd Jac yn ôl arni a'i lygaid yn dod yn siarpach ac yn gliriach yn ara bach.

"B... b..."

Roedd e hyd yn oed wedi mynd i swnio run peth â Sianco.

"B... b... ble ma Judy, Martha?"

Roedd Martha wedi medru osgoi'r pwnc ers iddo gael ei daro'n wael. Weithiau, roedd hi'n teimlo fel dweud wrtho fe'n blwmp ac yn blaen, dweud wrtho gymaint o ffŵl y buodd e. Pan gafodd hi'r gwirionedd am yr arian, gallai hi fod wedi sgrechian y geiriau ato fe a'i drywanu gyda phob sill cyn ei adael i stiwio ar y gwely bach. Weithiau, pan fyddai hi'n gyrru'r Land Rover lletchwith yna yn ôl ac ymlaen, ac yn hiraethu am yr hen gar oedd mor hwylus iddi, gallai hi fod wedi edliw'r ffaith mai hi oedd yn iawn o'r dechrau, ac wedi crafu'r geiriau trwy ei glustiau. Ac wrth feddwl am yr holl waith dros yr holl flynydde... Sylwodd fod Jac yn dal i edrych arni.

"Gorffod iddi fynd yn ôl i Leeds," dechreuodd Martha'n

bwyllog, "y mab hyna ise bod yn agosach at ei dad." Roedd yr haul yn tywynnu y tu allan. "Daeth hi i'r ysbyty sawl gwaith ond ro'ch chi'n cysgu."

Gwthiodd Martha'r geiriau mas gan wasgu'i hewinedd i mewn i gledr ei llaw nes bod yna batrwm o siapiau hanner lleuad coch yn ei chnawd. Cododd ei llaw i ddangos y fodrwy iddo.

"Daeth hi â hon nôl 'fyd, chwarae teg iddi hi."

Roedd yna lonyddwch fel dŵr llyn yn llygaid Jac, a theimlai Martha bod rhywbeth yn ei gymeriad wedi newid. Credai Martha ei bod hi'n medru gweld ymhellach i mewn i'w lygaid nag y gwelsai hi erioed. Gallai hi weld Jac yn pwyso a mesur ei geiriau ac yn ceisio gwneud synnwyr ohonyn nhw. Byddai Sianco'n gwneud yr un peth, fel pe na bai'r geiriau'n creu ystyr yn syth ac roedd yn rhaid eu gosod mas un wrth un, fel dillad ar lein, cyn i unrhyw beth greu synnwyr.

"Diolch," meddai'n syml gan edrych yn ôl arni'n drist. Roedd ei lygaid yn siarad a deallodd Martha. Ar ôl ennyd, fe ailgydiodd yn y llwy. Eisteddodd Martha er mwyn cadw cwmni iddo am orie, gan deimlo'n fwy unig nag y gwnaeth erioed yn ei bywyd.

Y noson honno, aeth Martha i wneud yn siŵr fod Jac yn cysgu cyn gwisgo'i chot fowr a cherdded mas. Y diwrnodau hyn, roedd y dyddiau'n tynnu i mewn yn gynnar ac yn cau am Graig-ddu fel clogyn. Er ei bod hi'n glir, roedd hi wedi dechrau oeri a'r dail yn cronni fel dagre wrth draed y coed ar ôl eu cwymp. Roedd crop da o gnau wedi bod 'leni. Arwydd y byddai 'na lot o fabis a'r rheini'n fechgyn, yn ôl Mami ac roedd y mwyar yn dechrau casglu mewn dyrnau cleisiog ar y canghennau pigog.

Treuliodd Martha'r prynhawn yn gwneud trefniadau i

werthu'r stoc ac fe fyddai'r cwbwl yn mynd i'r mart o fewn wythnos neu ddwy. Meddyliodd unwaith am gael sêl ar y ffarm, ond fe fyddai cael cymaint o bobl â'u trwynau ym mhobman yn ormod iddi. Roedd gwaith rhoi gwbod i'r cwmni llaeth a'r dynion cwotâu, heb sôn am setlo'r biliau a chant a mil o bethau eraill. Roedd y dasg wedi ei diflasu gymaint nes bod yn rhaid iddi ddianc mas o'r tŷ i rywle.

Cerddodd i'r lôn a dilyn ei thrwyn. Wrth gerdded trwy'r ardd, safodd am eiliad i edrych ar y rhosynnau a oedd yn dod i ben am flwyddyn arall. Gorweddai'r petalau fel conffeti ar hyd yr ardd. Safodd Martha yno'n meddwl. Roedd y badell yn dal ar y wal, a'r llwyni cyfarwydd yn dechrau cilio er mwyn magu egni ar gyfer y flwyddyn nesa. Meddyliodd am y tân a gynheuodd hi ar waelod yr ardd, am ôl-traed Gwynfor, am y lili wen fach a chlyche'r gog. Cofiodd am y frân hefyd, a'r nosweithiau di-gwsg wrth aros iddi ddechrau cnocio.

Teimlai Martha drymder newydd yn ei chalon a oedd yn gwneud i'w bochau gochi wrth feddwl amdano. Gorffod iddi gyfeirio at ei brawd wrth yr awdurdodau fel 'invalid' ac esbonio y byddai hi'n amhosib iddo ffermio rhagor. Roedd y gair yn cerdded mewn camau oer i fyny ei hasgwrn cefen. Doedd Jac ddim yn bodoli rhagor i lawer o bobl, ddim mwy nag oedd Sianco. Roedd y ddau yn 'in-valid'. Tynnodd ei chot yn dynnach amdani. Roedd y busnes wedi'i drosglwyddo i'w henw hi hefyd gan nad oedd neb arall yn medru gwneud penderfyniadau rhagor. Teimlai fel pe bai popeth yn glanio yn ei chôl ac yn llithro o'i gafael ar yr un pryd. Anadlodd yr oerni a cheisio tynnu rhyw gysur mas ohono.

Cerddodd ar y llwybr gan adael yr ardd a'r clôs y tu ôl iddi a chael ei hun yn Ca' Marged. Gorweddai'r barlys yn fflat ar y llawr, wedi ei lygru gan bob math o blanhigion a'r llygredd wedi'i wneud yn llaith, yn dywyll ac yn ddrewllyd. Codai'r drewdod i'w ffroenau wrth iddi ddamsgen ar y pydredd. Camodd o gwmpas y ca' a chyrraedd y clawdd ucha. Roedd y dderwen fawr yn dechrau noethi a'i breichiau gwyn yn ymestyn i'r awyr dywyll. Eisteddodd wrth ei bôn gan edrych o'i chwmpas. Byddai hi'n Nadolig eto glatsh ac fe fyddai hi'n mynd â rhith i'r fynwent ac yma i'r clawdd. Meddyliodd am y llynedd, a hithau'n llefen y glaw. Trodd ei phen tuag at yr eglwys, a honno'n edrych yn ôl arni fel wyneb llwyd, llonydd. Sgleiniai'r cerrig beddau fel gemwaith, ond ddaeth dim dagrau heno gan ei bod hi wedi blino llawer gormod i hynny.

Eisteddai'n dawel gan edrych mas i ganol y cae, i'r man lle cwympodd Jac. Fe glywodd siffrwd. O gornel ei llygaid gwelodd Sianco'n troedio'n ysgafn trwy'r borfa hir yn ymyl y clawdd. Daeth yn agosach ati heb yngan gair ac eistedd wrth ei hymyl. Sylwodd Martha fod ôl llefen arno. Estynnodd i mewn i'w boced a thynnu tair cath fach oddi yno a'u gosod nhw ar y llawr o flaen Martha. Roedd Bob wedi bod wrth ei waith unwaith eto. Edrychodd Martha arnyn nhw heb ddweud gair; roedd un lliw macrel â'i gwt bach yn streipiau i gyd, y llall yn ddu fel y parddu, a'r llall yn ddu gyda thraed bach gwyn fel pe bai wedi bod yn cerdded trwy eira. Doedden nhw ddim hyd yn oed wedi agor eu llygaid, ddim hyd yn oed yn gwbod sut olwg oedd ar y byd cyn cael eu cymryd oddi yno. Syllodd Sianco arnyn nhw a snwffian. Pendronodd Martha am eiliad gan fethu â deall pam na fyddai'r gath yn gadael y ffarm i'w geni. Roedd hyn yn digwydd gyda phob torred, ond roedd hi'n dal i aros yn Graig-ddu a heb ddianc i rywle arall lle câi hi lonydd i fagu ei chathod bach. Fel Judy, byddai hi wedi gallu bod yn ddigon hapus mewn unrhyw le arall lle bynnag y byddai rhywun yn fodlon ei bwydo a rhoi maldod iddi. Wrth edrych ar y cathod bach yn y cae llawn pydredd, daeth rhyw lonyddwch mawr dros Martha ac fe roddodd sioc iddi hi ei hunan wrth ddechrau siarad.

"Ces i fabi unwaith, Sianco."

Neidiodd hwnnw, dim oherwydd ei geiriau, ond oherwydd iddi dorri ar draws ei fyfyrdod.

"Wel, am 'chydig bach," ailgychwynnodd Martha, "ces i un am sbel. Reit fan hyn."

Canodd gwdi-hw mewn rhyw glawdd yn y pellter ac edrychodd Sianco i fyny i gyfeiriad y sŵn wrth i ganol du ei lygaid ledu.

"Un Wil oedd e," roedd y geiriau fel petaen nhw'n dod o rywle arall, "a ces i fe fan hyn, pa ro'n ni'n paratoi i hau'r barlys."

Doedd Martha ddim hyd yn oed yn gwrando arni hi ei hunan.

"Pymtheg o'n i a do'n i ddim yn gwbod 'i fod e'n dod."

Edrych ar y cathod bach wnaeth Sianco a dweud dim.

"Nath e ddim byw. Ond nes i ddim byd iddo fe. Cydies i ynddo fe'n dynn, dynn, dynn."

Gwenodd Sianco arni wrth feddwl am y fath fagad.

"Ac wedyn ro'dd e wedi mynd."

Nodiodd Sianco ei ben.

"Do'n i ddim yn gwbod beth i neud. Allen i ddim gweud wrth Mami. Claddes i fe fan hyn, yn y clawdd fan 'na ac es i gatre i folchi. Odd e'n fach, fach, rhy gynnar iddo fe ddod falle. Dyw Wil ddim yn gwbod hyd heddi, cofia; do's neb yn gwbod."

Chwythodd y gwynt ddarn o wallt i mewn i lygad Sianco.

"'Da Gwynfor ddylen i fod 'di ca'l babi, ti'n gweld. Ond allen i byth adel Graig-ddu a'i adel e fan hyn, allen i? Sa i'n credu nath yr un bach hyd yn oed lefen."

Gwthiodd Sianco'r gwallt mas o'i lygaid er mwyn cael gweld yn well.

"O'dd hi'n rhy gynnar. Do'n i ddim ise neud dim byd 'da Wil, ond ches i ddim dewis."

Roedd geiriau Martha wedi cael eu gwasgu y tu mewn iddi trwy'i hoes ac wedi mynd yn galed ac yn fach ac yn sych. Fe deimlai fel pe bai hi'n poeri cerrig mas a'r rheini'n glanio'n drwm wrth ei thraed.

"Ches i ddim dewis… "

Doedd dim pwynt dweud rhagor. Edrychodd hi ar y cathod bach a chodi un yng nghledr ei llaw gan edrych ar ei wyneb bach a'i lygaid yn dynn ar gau.

Gwrandawai Sianco am y gwdi-hw gan wylio Martha'n maldodi'r gath fach. Trodd ei feddwl yn ôl ymhell i'r diwrnod hwnnw y gwelsai Martha'n claddu rhywbeth dan y dderwen. Ar ôl iddi redeg am adre, aeth Jac ac yntau i edrych beth oedd yno. Pan welodd y ddau beth oedd hi wedi ei gladdu, fe ailgladdon nhw fe a rhedeg nerth eu traed am y stordy i gwato. Wedodd y ddau ddim gair wrth neb a soniodd neb am y peth tan nawr.

Eisteddodd Martha a Sianco yno am ennyd gan edrych ar y gath fach, cyn i'r gwdi-hw hwtian unwaith eto. Trodd Sianco gan wrando ar y nodau isel a gwenu'n llydan ar Martha.

Pennod 33

ERS IDDI ORFOD edrych ar ôl Jac yn llawn amser, roedd Martha wedi dechrau mwynhau mynd i'r dre hyd yn oed yn fwy na chynt. Roedd yn fendith cael gadel y ffarm, a nawr, gan fod Jac wedi dechrau gwella, roedd hi'n medru mynd a chymryd ei hamser. Er iddi fod yn bwrw'n blanc am ddyddie, roedd pethau yn Graig-ddu yn oleuach nag oedden nhw wedi bod ers misoedd. Gwyliodd Jac y dafnau glaw yn taro'n gylchoedd trwm ar ffenest ei lofft, a gobeithiai fod ar ei draed ar gyfer y Nadolig. Ar ei gyfarwyddiadau fe, a gyda chytundeb Martha, fe newidiodd y ddau bethau yn stafell Mami a Dat fel bod pethau'n fwy hwylus i'r claf. Byddai Martha hefyd yn treulio amser gyda Jac, yn ymestyn ei fraich ac yn darllen gyda fe er mwyn cryfhau ei gorff a gwella'i lais. Doedd gan Martha ddim syniad a oedd y sylw a gâi yn gweithio, ond o leia roedd hi'n teimlo ei bod hi'n gwneud rhywbeth.

Talodd Martha trwy ei thrwyn i gael dynion y mart i ddod i hôl yr anifeiliaid ac fe gadwodd draw nes bod yr holl siediau'n wag. Wnaeth hi ddim trafod llawer gyda Jac er mwyn peidio â'i ypsetio ac fe bwysleisiodd y ffaith fod sawl un wedi dangos diddordeb mewn cadw tac yn Graig-ddu ac unwaith y byddai'n well, byddai angen ei help i gadw trefen ar rheini. Y bore 'ma, roedd Jac wedi medru bwydo'i hun, ar ei ben ei hun, ac fe deimlai Martha fod holl ymdrechion yr wythnosau diwetha'n dechrau talu. Fe ddaeth â hambwrdd ei frecwast i lawr a safodd wrth ford y gegin gan wylo'n dawel. Roedd y dagrau'n ddagrau o ddiolch, ac fe'u sychodd nhw'n ara gan deimlo bod yr holl straen ar ei hysgwyddau yn dechrau ysgafnhau.

Newidiodd ei dillad a gwisgo'i siwt las ar gyfer mynd i'r dre. Roedd hi hyd yn oed wedi dechrau dod i arfer â'r hen glambar o Land Rover ac edrychai ymlaen at gael mynd i Gaffi Eurwen. Cymerodd ei hamser heddiw, gan alw gyda'r bwtshiwr a phrynu stêc ar gyfer swper a phwys o fins. Holodd hwnnw am ei brawd ac ychwanegu y byddai bach o gig coch yn gneud byd o les iddo fe. Fe gasglodd hi dabledi Sianco a rhai Jac, gan ryfeddu at yr holl feddyginiaethau y byddai hi'n eu cario i Graig-ddu bellach. Ar ôl bod yn y Co-op, fe barciodd y Land Rover yn ofalus a chloi drws y cefen cyn mynd i mewn i Gaffi Eurwen. Eisteddodd wrth ei hoff fwrdd gan ddiolch nad oedd neb arall yno. Sylwodd fod yr un merched tu ôl i'r cownter yn gwisgo'r un wep ddiflas ag erioed. Tynnodd ei phwrs ac aeth i archebu coffi llaeth a chacen. Dewisodd un â hufen ffres a mefus ar ei hyd hi. Aeth i ddisgwyl am yr archeb wrth ei bwrdd. Roedd hi'n dawel heddiw, ac roedd hynny'n siom i Martha am ei bod hi wedi edrych mlaen at weld gwahanol bobl, nid i siarad â nhw, dim ond i wrando. Clywodd un o'r merched tu ôl i'r cownter yn cwyno bod ei gŵr hi'n treulio'i holl amser yn chwarae darts yn y dafarn yn lle dod gartre i swper. Cytunodd un arall, gan ddatgan ei bod hi am ballu gwneud swper i'w gŵr y noson honno am ei bod hi'n taflu'i fwyd, wedi i hwnnw oeri, mor amal. Câi chwilio am ei fwyd ei hunan.

Canodd cloch y caffi a daeth dwy fenyw i mewn gan eistedd rownd y gornel i Martha. Wedi iddyn nhw archebu eisteddon nhw'n fagiau ac yn frawl i gyd.

"Clywes i bod hi 'di mynd â'r cwbwl, cofiwch. Yr hen ffŵl ag e. Ond 'na fe, beth o'dd e'n ddisgwl?"

Teimlai Martha fel pe bai rhywun wedi damsgen ar ei

phawen, ond doedd dim prawf eu bod nhw'n siarad am Jac.

"Wedi mynd nawr, ch'weld, off i neud yr un peth i rywun arall. Ond 'na fe, dwi wastad wedi gweud bod rhywbeth yn od am y teulu 'na beth bynnag. Neud dim â neb fel'na, pwy ma nhw'n meddwl y'n nhw?"

Gwyliodd y ddwy tra oedd y ferch y tu ôl i'r cownter yn cario archeb Martha at ei bwrdd a'u llygaid yn ei dilyn hi nes iddyn nhw lanio ar wyneb Martha. Cwympodd eu swchau cyn i'r ddwy wenu ati a nodio. Wedi'r cyfan, doedden nhw ddim wedi enwi enwau. Canodd y gloch unwaith eto tra bod Martha'r chwythu'r gwres oddi ar ei choffi. Roedd e'n gythreulig o boeth ac roedd hi'n benderfynol o beidio â dangos dim byd i'r ddwy gloncen rownd y gornel.

"Martha."

Cododd Martha'i llygaid a sylwi bod y ddwy glebren yn britho â'u llygaid yn fowr.

"Gwynfor, shwt 'ych chi?"

"Iawn."

Rhoddodd Martha'r cwpan yn ôl yn y soser cyn iddi ddechrau crynu.

"Ga i eistedd?"

"Cewch wrth gwrs."

Trodd ei gefn ac archebu te cyn dod yn ôl at y ford lle'r oedd Martha'n dal i eistedd mewn syndod. Sylwodd hi fod un cloncen wedi agor ei gwydr bach powdro'i thrwyn ac yn edrych ynddo er mwyn gwylio'r olygfa y tu ôl iddi. Sylwodd Gwynfor hefyd a chododd ei aeliau ar Martha. Gwenodd hithau'n ôl yn wan.

"Marth... Gwyn... a... or."

"Sori... cerwch chi gynta."

"Martha, ma'n ddrwg 'da fi am eich brawd; gobeithio'i fod e'n well."

"Ma fe'n gwella, diolch."

"Neithen i alw... ond chi'n gwbod fel ma hi."

"Dwi'n gwbod yn iawn fel ma pethe."

Edrychai Martha'n syth i mewn i'w lygaid. Dyma'r tro cynta iddi wneud y fath beth ac fe deimlai Gwynfor ei hun yn lleihau'n fach, fach.

"Martha."

Daeth y ferch draw â'i de. *"Anything else?"*

"Na... *No, thank you.*"

Troiodd honno am nôl.

Roedd Gwynfor yn ymbalfalu am eiriau fel petai'n ceisio eu pigo mas o sach heb wybod beth oedd y tu fewn.

"Fan hyn gwrddon ni gynta, on'tefe?"

Nodiodd Martha.

"Ma'n ddrwg 'da fi, Martha. Ddim fel hyn roedd pethe i fod. Ro'n i'n mynd i ddod nôl wedyn ond, wel, ro'dd hi'n rhy hwyr."

"A shwt ma'ch gwraig a'r un bach?"

Roedd Martha wedi anelu'i chwestiwn yn dda; ac fe fwrodd Gwynfor fel pêl galed a'i gwympo fel sgitl.

"M... m... ma nhw'n iawn, diolch."

"Does dim byd 'da chi fod yn ddrwg amdano fe. Fy mai i oedd y cyfan, yn pallu gadael y ffarm, a nawr ma hi'n rhy hwyr."

Dyma'r datganiad mwya gonest oedd wedi cael ei wneud rhwng y ddau erioed.

Nodiodd Gwynfor ei ben.

"Galle pethe wedi bod yn wahanol, ond ma 'da fi ddau

frawd i edrych ar eu hôl nhw nawr, a ma 'da chithe ddau
– y wraig a phlentyn."

Doedd Gwynfor heb gyffwrdd â'i de. "Do'n i erioed 'di
meddwl bydden i'n dad yn 'yn oedran i."

"Fel'na mae pethe'n gweithio weithie."

"Un munud ro'n i jest yn galw, munud nesa ro'n i'n
briod."

"Ffawd, falle."

"Falle."

"Ond 'na fe, ry'ch chi'n ddyn cyfoethog, ffarm 'ch hunan
a digon o arian."

Allai Martha ddim peidio â rhyw led awgrymu ei fod
wedi cwmpo i'r un trap â Jac.

Oedodd Gwynfor gan edrych ar ei ewinedd. "Merch
fach yw hi, un bert 'fyd, tywyll i gyd. Dwi'n 'i haddoli
hi."

"A'r wraig? Chi'n dod mla'n yn go lew 'ych chi?"

"Dyw hi ddim yn..."

"Shhh, byddwch ddistaw, Gwynfor. Ddylwn i ddim bod
'di gofyn."

"Ddim fel... "

"Shhh."

Aeth munud heibio.

"A shwt ma'r piano?"

"Iawn, diolch."

"Chi'n whare?"

"Odw, bob nos," wedodd Martha gan adael i'r celwydd
redeg oddi ar ei thafod. Doedd hi ddim yn gwybod pam
roedd hi'n dweud celwydd. Rhywbeth i wneud â balchder,
siŵr o fod, ond hefyd roedd hi eisiau iddo ddychmygu,
pan fyddai e yng nghanol bwrlwm a sŵn ei deulu

newydd, amdani'n eistedd yno'n chwarae darnau piano prydferth.

"Reit, gwell i fi fynd. Dyw hi ddim yn lico i fi fod yn hwyr."

"Nadi ynta," cytunodd Martha gan ei wylio'n codi.

"Diolch, Martha."

Gwenodd arni cyn troi i ffwrdd a chloch y caffi'n canu ei ymadawiad. Fu'r ddwy glebren ddim yn hir wedyn cyn ei ddilyn e mas er mwyn gwasgaru eu newyddion fel had.

Eisteddodd Martha'n y caffi am sbel. Roedd ei choffi hi'n ddigon oer i'w yfed erbyn hyn. Fel arfer, fyddai dim eisiau'r gacen arni ar ôl y fath sgwrs ond, heddiw, roedd pethau'n wahanol. Teimlai iddi gael gwared ar rywbeth, a theimlai falchder o wybod na na'th hi erioed ildio iddo fe. Ychydig iawn a deimlai wrth weld cefen Gwynfor yn diflannu y tu ôl i'r arwydd 'Agored' ar y drws, ond eto roedd rhai teimladau'n llechu yn y dyfnder, er na allai roi ei bys arnyn nhw. Wedi pendroni am eiliad sylweddolodd mai teimlo trueni roedd hi. Y trueni hwnnw na fyddai wedi gallu ei deimlo am rywun pe bai hi'n ei garu. Bwytodd y gacen fripsyn wrth fripsyn gan fwynhau pob briwsionyn. Tynnodd anadl hir a mynd at y cownter i dalu. Doedd dim pwynt wilibowan heddiw, roedd pethau i'w gwneud. Byddai'n rhaid addasu'r stafell molchi ymhen amser a gwneud y grisiau'n saffach i Jac. Roedd awydd arni nôl blowsen newydd hefyd, wedi iddi osod ei dillad mas ar y gwely i gyd un noson a sylweddoli eu bod nhw'n edrych yn siabi. Doedd hynny ddim yn ddigon da. Cerddodd mas i'r stryd a mynd ambwti'i busnes gyda rhyw benderfyniad newydd.

Y bore hwnnw, fe wyliodd Sianco Martha'n llefen yn dawel ar ôl dod â llestri Jac i lawr o'r llofft. Edrychai Sianco arni drwy'r ffenest a'i gwylio'n sychu'r dagre'n dawel bach. Gwasgodd ei drwyn yn erbyn y gwydr gan wneud cwmwl o stêm gyda'i anadl. Aeth i gwato wedyn tu ôl i wal y beudy a'i gwylio'n mynd i mewn yn ffwdanus i'r Land Rover a gyrru'n ara bach lan y lôn. Eisteddodd yno'n crynu, ei lygaid yn fawr ac yn bell. Â dagrau tawel Martha'n dal yn fyw yn ei gof cerddodd, fel petai mewn breuddwyd, at y tŷ. Agorodd ddrws y bac yn ara bach a mynd i mewn. Arllwysodd laeth mewn gwydryn a dechrau dringo'r grisiau tuag at ystafell Jac gyda'r botel fach wen benfelen yn ei law arall...

Pennod 34

ERBYN I MARTHA gyrraedd adre, roedd hi wedi hen ddechrau tywyllu a'r clôs yn swnio'n wag iawn heb guriad cyson calon y peiriant godro. Roedd pob dim yn dawel ac yn llonydd heb sŵn y lloi'n brefu yn y siediau na'r da godro'n pori'n swnllyd gerllaw. Roedd Martha'n dal i'w chael hi'n anodd dygymod â'r tawelwch. Agorodd ddrws bac y Land Rover a thynnu'r bagiau siopa oddi yno. Roedd 'na fagiau'r siop ddillad ymysg y rhai arferol, a rhai'r bwtshwr ar gyfer swper. Hyrddiodd hi'r drws ar gau â'i phenelin gan fod ei dwylo hi'n llawn. Clywodd sŵn Bob yn cyfarth yn rhywle. Cerddodd i mewn i'r gegin. Roedd yr oergell ar agor a'r botel la'th wedi ei gadael mas. Roedd Sianco'n dal heb ddod i arfer â chael llaeth o botel yn hytrach nag yn syth mas o'r tanc mewn shwc. Byddai'n rhaid rhoi sŵn i Sianco am fod mor esgeulus. Gorweddai haenen o hufen yn tagu gwddwg y botel wedi iddi fod mas yn y gwres. Gosododd hi'r siopa'n ofalus ar bwys y sinc a dechrau rhoi popeth i gadw. Byddai'n rhaid meddwl am swper cyn bo hir. Gobeithio bydde chwant stecen fach ar Jac. Aeth mas i stepen y drws er mwyn galw ar Sianco i ddod i bilo tato.

"Sianco!"

Dim ateb.

"Siancooo!"

Dim ateb eto. Roedd e wedi mynd i grwydro'r caeau ynta.

"Sianco! Ble wyt ti, gwed?"

Dim byd ond sŵn Bob yn cyfarth a Roy yn crafu drws ei gwt. Daeth yn ôl i mewn i'r gegin a llusgo pen-ôl y tegyl i ganol yr hotplet lle'r oedd y gwres er mwyn iddo ferwi'n gynt. Agorodd gwdyn y siop ddillad ac edrych i mewn gan wenu. Penderfynodd fynd i weld oedd Jac ar ddihun. Llenwodd wydryn â dŵr gan feddwl falle y bydde fe eisiau dracht fach. Cariodd hwnnw'n ofalus yn ei llaw dde gan orffwys y llall ar asgwrn cefen y banister. Tynnodd ei hun i fyny gan redeg dros enwau pawb fu'n holi am Jac er mwyn sicrhau nad anghofiai am neb wrth adrodd yr hanes. Cydiodd ym mwlyn y drws a cherdded i mewn.

Gollyngodd y gwydryn ac fe dasgodd hwnnw'n fil o ddarnau bach fel sêr ar hyd y llawr.

"Jac!"

Roedd Jac wedi cicio'r blancedi oddi ar y gwely. Roedd ei wyneb wedi'i rewi ar y ffurf mwya erchyll y gellid ei ddychmygu, ac roedd afon o hylif du yn nadreddu o'i geg i lawr ar hyd y dillad gwely.

"Jac!"

Cydiodd Martha ynddo. Roedd ei gorff yn oer ac yn drwm ac wedi troi ei liw. Tynnodd Martha ei dwylo oddi wrtho. Edrychai ei lygaid yn ôl ar Martha, ac roedd gwawr las ar ei wyneb. Doedd dim bywyd yn y llyged, dim dyfnder. Roedd Jac wedi mynd. Cydiodd Martha yn ei phen. "Ond... O... O!"

Curai calon Martha mor gyflym nes iddi orfod sadio'i hun ar y stôl ar bwys y gwely. Edrychodd i lawr. Yno, roedd gwydryn arall wedi torri, â hylif fel llaeth ar hyd y llawr a hwnnw'n bowdwr gwyn drwyddo. Roedd Martha wedi gosod cinio Jac mas ar bwys y gwely, fel na fyddai arno eisiau dim byd arall. Sut cafodd e'r llaeth? Aeth fflach o arswyd drwyddi.

"Sianco!"

Edrychodd o gwmpas â'i chalon yn deilchion o golli Jac. Trodd am y drws a rhuthro i lawr y stâr. Roedd ei chorff cyfan yn crynu, a'r anobaith yn llifo o'i llygaid yn ddagrau.

"Sianco!"

Dim ateb. Clywodd Bob yn cyfarth unwaith eto.

"Bob!"

Trodd mewn cylch ar ganol y clôs a theimlo fel pe bai'r holl fyd yn rhoi oddi tani. Roedd popeth yn dywyll ac yn llonydd ac fe deimlai ryw ddryswch yn mogi ei meddwl.

"Bob!"

Toddai pob lliw yn un wrth iddi geisio dyfalu o ble roedd sŵn y cyfarth yn dod. Roedd hi'n ffili meddwl yn glir.

"Bob!"

Cyfarthodd y ci bach unwaith 'to. Aeth Martha am y stordy ac i fyny'r grisiau slat gan yngan gweddïau dan ei hanadl.

"Sianco!"

Cyrhaeddodd y drws a'i wthio ar agor fel pe bai mewn breuddwyd. Syrthiodd Martha ar ei phengliniau. Yno, yn nhywyllwch y stordy, roedd corff Sianco'n gorwedd ym mreichiau'r bwgan brain. Roedd ei lygaid mor wag â llygaid y bwgan a'r un ffynnon wedi arllwys gwaed du i lawr dros ei chest ag a wnaeth o geg Jac. Wrth ei draed roedd Bob yn gorwedd ar bwys y botel fach wag o wenwyn.

Mae'n debyg i'r ambiwlans ddod o hyd i'r lle yn gynt y tro hwn. Fe roddwyd rhywbeth i Martha er mwyn gwneud iddi gysgu am sbel a'i gosod i orwedd ar soffa binc y parlwr. Daeth yr heddlu i'r ffarm yn un haid fel pryfed ac aethpwyd â chyrff Jac a Sianco oddi yno gyda'i gilydd, ar ôl cymryd lluniau ar gyfer y ffeiliau. Arhosodd gweithwraig gymdeithasol yno am oriau oherwydd i'r heddlu amau nad oedd dim teulu ar gael i gadw llygad ar Martha. Ceisiwyd ei chael i adael cartref, ond roedd hi'n pallu'n deg â gadael Graig-ddu.

Yn hwyrach yn y dydd siaradodd Martha â'r heddlu ac yna ffoniwyd Gwynfor i gadarnhau ei stori, mai yn y caffi yr oedd hi, ac fe gadarnhawyd hynny hefyd gan y ddwy glebren. Serch hynny, gorffod i Gwynfor ateb llawer mwy o gwestiynau gan ei wraig, yn methu â deall beth roedd e'n ei wneud yn cael te mewn caffi gyda menyw arall. Holwyd Martha hefyd ynglŷn â lle a sut y cafodd Sianco afael ar y gwenwyn. Ond am fod y gwenwyn mor hen, ac nad oedd llawer o reolau yn y dyddiau a fu ynglŷn â phrynu'r gwenwyn, ac o ystyried cyflwr meddyliol Sianco, penderfynodd yr heddlu y byddai e wedi defnyddio ryw ffordd arall o ladd Jac, pe na bai wedi dod o hyd iddo. Byddai'n rhaid i'r cyfan fynd trwy'r llysoedd, wrth gwrs, ond doedd dim amheuaeth beth oedd wedi digwydd.

Mae'n debyg bod Sianco wedi bwydo'r gwenwyn i Jac gan obeithio ei roi mewn lle gwell, yn union fel ag a wnaeth i'r fuwch heb dethau. Er ei fod yn denau, roedd e'n gryf, a chan fod Jac wedi gwanhau bu'n eitha hawdd iddo ei orfodi i yfed yr hylif. Mae'n siŵr na wnaeth Jac sylwi, wrth yfed y ddiod ar ei ben, bod dim byd o'i le arno beth bynnag. Dywedodd yr heddlu wedyn bod yna dystiolaeth fod Sianco wedi aros gyda Jac nes iddo farw oherwydd y gwahaniaeth rhwng yr amseroedd y bu farw'r ddau. Yna, rhaid ei fod wedi llyncu gweddill y gwenwyn yn y botel gyda thamed bach o la'th cyn cerdded i lawr i'r stordy i fagu'r bwgan. Allai Martha ddim meddwl am y peth o gwbwl. Mae'n debyg nad yw'r gwenwyn yn lladd yn syth, a'i bod hi'n bosibl iddyn nhw fyw hyd at ryw awr ar ôl ei lyncu. Roedd y farwolaeth yn araf, yn boenus a'r fwyaf erchyll bron y gallasen nhw fod wedi ei diodde. Byddai'r gwingo'n para am yn hir ac yn teimlo fel oes gyfan.

Pennod 35

CLADDWYD SIANCO A JAC ym mynwent yr eglwys gyda gweddill y teulu, ger y clawdd ucha'n edrych i lawr dros dir Graig-ddu. Gosodwyd nhw ym medd y teulu yn wynebu cyfeiriad hollol wahanol i bawb arall yn y fynwent. Roedd hi'n fore diflas a'r glaw yn bwgwth o bell. Doedd dim teulu agos yn bod i ddod i'r angladd ac fe ofynnodd Martha am wasanaeth syml a chyflym; yn wir roedd y cyfan drosodd ymhen llai nag awr. Dim ond Emyr Siop ddaeth i gydio ym mraich Martha wrth iddi gerdded ar hyd y llwybr troellog yng nghysgod y coed ywen y tu ôl i'r eirch. Cariwyd y cyrff gan ddynion y cwmni angladde. Edrychodd Martha heibio i ddrws yr eglwys a thros ben y clawdd i gyfeiriad caeau Graig-ddu a chaeau Wil Tyddyn Gwyn. Yno, yn y ca' ucha, gallai Martha weld ffigwr unig Wil yn hyfforddi ci defaid. Sefodd Martha gan edrych arno am rai eiliadau, a Wil bellach wedi plygu gan oedran yn edrych mor ddierth o'r fynwent.

Roedd Martha'n rhy bell i weld y dagrau'n cronni yn llygaid Wil wrth iddo weithio'r ci yn ôl ac ymlaen trwy'r defaid fel gwynt trwy farlys. Cydiodd Emyr yn ei phenelin a thynnu'i sylw yn ôl at y fynwent. Heb yn wybod i Martha, roedd Wil wedi cerdded ganwaith i dop y lôn yn meddwl galw heibio i gydymdeimlo, ond wedi troi a cherdded ganwaith am yn ôl. Wrth i'r ficer leisio'r ymadawiad, roedd meddwl Martha ymhell i ffwrdd a'i llygaid wedi'u sodro ar y dderwen yn Ca' Marged ar y ffin rhwng caeau Wil Tyddyn Gwyn a chaeau Graig-ddu, lle gorweddai corff bach arall. Heddiw, roedd y defed tac yn pori'n dawel yn y cae.

Ar ôl yr angladd fe gerddodd Martha dros ben y clawdd gartre ar ei phen ei hun. Gwyliai Emyr hi'n mynd wedi iddo ffili â'i pherswadio i gymryd lifft. Safodd yno'n gwylio'r ffigwr bach, a oedd wedi heneiddio'n weledol yn y bythefnos ddiwetha, yn ymbellhau cyn iddo gyffro a sylweddoli bod rhaid iddo fe fynd yn ôl i'r siop gan y byddai nifer fowr o bobl yn disgwyl am yr hanes.

Gwthiodd Martha drwy ddrws y bac a phlygu i godi'r bwndel newydd o gardiau a orweddai'n swp ar y leino. Roedd rhai ohonyn nhw'n frown ac yn damp ar ôl i lyborwch y diwrnode diwetha ddod i mewn o dan y drws. Taflodd nhw ar ben y pentwr a oedd yn gorwedd, heb eu hagor, ar y dreser. Tynnodd ei chot ddu a datod y bachyn y tu ôl i froetsh Mami ar ei blowsen newydd a'i gosod ar y bwrdd.

Gwnaeth de yn dawel a meddwl mor wahanol fu te angladd Dat, y clôs yn llawn ceir a'r tŷ'n llawn dynion mewn du fel haid o frain yn hofran o gwmpas corff o atgofion. Roedd Mami wedi defnyddio'r llestri gore ac fe ddoth cacennau o bob math o bobman a'r becer wedi anfon chwe thorth i fyny yn rhad ac am ddim. Roedd te angladd Mami yn dawelach. Roedd llai o gymdogion a llai o ffrindiau erbyn hynny.

Eisteddodd Martha wrth ford y gegin yn edrych ar y glaw yn nesáu drwy'r ffenestri, a'i hwyneb yn wynnach rhywffordd oherwydd düwch ei dillad. Clywodd Roy yn gwenwyno o'i gwt ar y clôs. Bu'n llefain gymaint nes ei fod yn llenwi'r clôs â'i udo oeraidd ac yn crafu ar y drws fel y frân ar y ffenest. Roedd ei fowlen fwyd heb ei chyffwrdd a doedd dim modd ei dawelu drwy ei faldodi hyd yn oed. Neithiwr, bu Martha bron â'i fwrw am gadw cymaint o sŵn, ond fe gofiodd fod Jac wedi dweud mai'r peth gwaetha gallech chi neud i gi fel Roy oedd ei guro. Ar y llaw arall, chollodd Bob mo Sianco o gwbwl a pharhau â'i ddwli wnaeth e fel pe na bai ei fistir erioed wedi bodoli. Fe oedd yr unig greadur hapus yn Graig-ddu, heb arwyddion o gwbwl iddo golli'i fistir.

Doedd dim chwant bwyd ar Martha, felly aeth mas, gan ddal i wisgo'i dillad duon. Atseiniai sŵn ei hesgidiau o gwmpas y clôs wrth iddi gerdded yn ara am y stordy. Doedd hi ddim wedi bod yno ers dod o hyd i Sianco. Cerddodd yn ara bach i fyny'r grisiau â'i chalon mor drwm fel nad oedd ganddi'r egni i grynu hyd yn oed. Roedd y lle mor dawel, a hithau'n falch o gael y lle iddi hi ei hunan ac i'w meddyliau ar ôl i'r holl blismyn a'r dynion dierth fod yn busnesa ar hyd y lle. Eisteddodd ar y gris ucha gan edrych i fyny at yr eglwys. Roedd Martha'n galler gweld yn bell heno, arwydd pendant bod glaw ar ei ffordd. Roedd yr awyr yn llwyd ac yn drwm a sŵn yn cario ymhell. Gallai weld clawdd yr eglwys fel llinell dywyll yn y golau gwan.

Llifai afon o feddyliau trwy ei phen wrth iddi eistedd yno, ond roedd popeth yn teimlo mor bell i ffwrdd. Y fuwch heb dethau, y badell ar lawr yn yr ardd, y babell yn y cae, y frân, y gath, y barlys yn pydru, y lla'th potel a ddefnyddiodd Sianco i guddio blas y gwenwyn, a'r botel fach wen benfelen. Daeth pob un i'w meddwl fel llun, ac am y tro cynta gallai Martha ddeall sut roedd Sianco'n meddwl. Doedd dim un o'r symbolau'n gwneud synnwyr, ond roedd pob un mor boenus o liwgar. Rhwbiodd ei phen.

Y noson honno, gorweddai yn y gwely. Allai hi ddim cysgu, dim hyd yn oed wedi i flinder galar sugno'r nerth ohoni. Eisteddodd yn y gwely gan edrych mas drwy'r ffenest fach i'r clôs. Roedd hi wedi gofyn i Emyr hoelio drws stafell Sianco a stafell Mami a Dat fel na fyddai dim rhaid iddi fynd i mewn iddyn nhw byth eto tra byddai byw.

Gwyliodd y glaw yn disgyn yn drwm ar y clôs. Dafnau o law trwm fel gwydr yn cwympo'n ddarnau ar y llawr. Glaw gwlyb. Roedd y clôs yn troi ei liw a Ca' Marged yn dywyll yn y pellter. Gallai Martha ddychmygu'r dderwen yn y gawod a'r dafnau glaw yn stripio'r dail ola oddi ar ei breichiau.

Doedd dim llawer o amser tan y Nadolig, ac fe fyddai hi'n cael cinio ar ei phen ei hun. Cododd ar ei heistedd, ac yna pwyso ymlaen ac ymestyn allan i agor y ffenest. Slapiodd yr oerfel hi yn ei gwyneb a daeth sŵn y gwynt a chrawcian y brain i mewn i lenwi'r stafell. Penliniodd Martha fel croten fach ar y gwely ac edrych ar fodrwy Mami, oedd yn dynn am ei bys priodas erbyn hyn. Gwenodd wrth glywed y brain. 'Lladdith yr hen beth 'na saith gwaith!' Chwyrlïodd geiriau Mami fel niwl o gwmpas y stafell gan gydio yng ngŵn-nos wen Martha a gwneud iddi edrych fel ysbryd gole yn y tywyllwch. Cyfrodd Martha'n ofalus. Y frân, y cadno, y bioden, y gwningen, Jac a Sianco. Dyna chwech. Teimlai Martha'r nos yn golchi ei gwyneb â'i leithder, ac amdo'r nos yn cau amdani. Cyfrodd yn ofalus unwaith eto, ac yna gwenodd wrth sylweddoli o'r diwedd pwy fyddai'r seithfed.

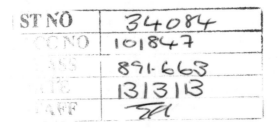

Am restr gyflawn o nofelau
cyfoes Y Lolfa, a llyfrau eraill
y wasg, mynnwch gopi o'n
catalog newydd, lliwgar – neu
hwyliwch i mewn i'n gwefan

www.ylolfa.com

i chwilio ac archebu ar-lein.

Talybont, Ceredigion, Cymru SY24 5AP
e-bost ylolfa@ylolfa.com
gwefan www.ylolfa.com
ffôn (01970) 832 304
ffacs 832 782